KB265877

나이트킹

Knight King

이모탈 판타지 장편 소설

FUSION FANTASTIC STORY

나이트 킹 4

이모탈 판타지 장편 소설

초판 1쇄 찍은 날 § 2013년 4월 17일
초판 1쇄 펴낸 날 § 2013년 4월 24일

지은이 § 이모탈
펴낸이 § 서경석

편집부장 § 권태완
편집책임 § 박우진
디자인 § 이혜정

펴낸곳 § 도서출판 청어람
등록번호 § 제1081-1-89호
등록일자 § 1999. 5. 31
어람번호 § 제1-1585호

주소 § 경기도 부천시 원미구 심곡2동 163-2 서경B/D 3F (우) 420-822
전화 § 032-656-4452팩스 § 032-656-4453
http://www.chungeoram.com
E-mail § chungeorambook@daum.net

ⓒ 이모탈, 2013

ISBN 978-89-251-3257-0 04810
ISBN 978-89-251-3182-5 (세트)

4

[떠오르는 별]

나이트 킹

Knight King

이모탈 판타지 장편 소설

FUSION FANTASTIC STORY

도서출판 청어람

CONTENTS

CHAPTER
01
동
맹

혼자만의 공간.

사방이 가로막혀 있으나, 그 광대함에 전혀 막혀 있다는 느낌이 들지 않았다. 이곳은 베르누크 혼자만의 공간인 왕궁의 지하 연무장이었다.

가로 세로 20미터의 거리에 마법을 이용한 채광까지, 모든 것이 완벽하게 갖추어져 있어, 오히려 지상의 연무장보다 더 쾌적하다는 느낌을 선사하고 있었다.

그 중간에서 베르누크는 수십, 수백의 몬스터와 드잡이질을 하고 있었다.

물론 그 몬스터가 실제일 리는 없었다.

모두 환영이기는 하나, 베르누크가 지금 느끼고 있는 감각은 실제와 다를 바 없었다.

그는 국왕이라는 신분상 여느 기사들이나 병사들처럼 몬스터 사냥이나, 훈련에 직접 참여하기가 쉽지 않았다. 해서 마탑주인 카이시스 라이너 대공을 닦달하여 만든 지하 연무장이었다.

그곳에 4대 정령이 모조리 소환되어 있었고, 베르누크의 몸에는 강화 마법을, 무기에는 공격 마법이나 혹은 정령들을 일체화해 있었다.

그것을 바탕으로 이루어진 무력으로, 그는 지금 트윈 헤드 오거와 미노타우르스, 와이번과 드레이크 등 인세에서 보기 힘든 극악의 몬스터와 치열한 접전을 벌이고 있었다.

그 모습은 보기만 해도 오금이 저리기에 충분했다.

"차핫!"

커다란 기합성이 울려 퍼지며, 베르누크의 할버드가 움직여 마지막 남은 커다랗고 흉폭한 비행 몬스터의 목을 베고 지나갔다.

끼아아아악!

마치 진정으로 살아 있는 몬스터의 울음처럼 소름끼치는 비명성을 지르며 쓰러지는 몬스터.

그때 베르누크의 귀에 극히 몇 명만이 출입이 가능한 연무장의 문이 바위가 갈리는 듯 서서히 열리는 소리가 들려왔다.

그그그궁!

베르누크는 모든 허상이 사라지자, 자신의 애병인 할버드를 수습하고는 연무장의 육중한 출입문을 바라보았다. 그곳에는 한 명의 인물이 서 있었다.

"급한 일인가?"

중저음의 굵직한 목소리가 흘러나왔다. 방금 전까지 격하게 움직였음에도 불구하고 베르누크의 목소리는 침착하고 차분했다. 아니, 오히려 그의 얼굴에는 땀 한 방울조차 비치지 않고 있었다.

"이스턴 왕국에서 사신이 왔습니다."

"이스턴 왕국에서 사신이?"

"그렇습니다."

카림의 말에 생각에 잠기는 듯 턱을 매만지더니 이내 할버드를 연무장의 무기 거치대에 놓아두고, 벗어 두었던 연무복을 다시 걸치는 베르누크였다.

"나가지."

"따르겠습니다."

그그그궁!

베르누크와 카림이 연무장을 나서자 문이 마찰을 일으키

며 다시 닫혔다. 그 문을 뒤로 하고, 베르누크가 앞서고, 카림
이 약간 뒤에 서서 걷기 시작했다.

그 걸음은 빠르지도 느리지도 않았다.

"사신단의 구성이 어떻던가?"

"사신단의 정사는 시리우스 나이젤 백작으로 정통 기사 출
신입니다. 부사는 스티브 컴블 자작으로 전형적인 문관 귀족
입니다."

카림의 설명에 조용하게 고개를 끄덕인 베르누크는 카림
의 말을 간략하게 정리했다.

"실질적으로 컴블 자작이 모든 것을 맡아 하겠군. 기사들
의 구성은 어떻던가?"

"보통 기사는 7명 수준입니다. 호위 병력을 지휘하는 기사
들이기 때문입니다. 한데, 이번에는 기사들의 수가 무려 1백
명에 이르고 있습니다. 그들의 말로는 수행 기사라 하는데 베
인 후작의 말로는 이미 정기사의 수준을 넘은 기사들이라고
합니다."

"그렇겠지."

베르누크는 가볍게 동의했다. 이해할 수 있었다. 지금과
같이 네 개의 왕국이 서로 견제하고, 전쟁을 준비하는 와중에
사신을 보낸다는 것 자체가 무엇을 의미하는지 아는 사람은
다 아는 사항이니 말이다.

“상단도 있던가?”

“상단의 규모 역시 1백 명에 이릅니다. 총 규모가 3백 명 내외인 점을 감안한다면, 기사나 상단 모두가 상당히 큰 규모입니다.”

“무엇을 노리는지 확실하게 알 수 있는 구성이구만.”

“그렇습니다.”

카림이 말하려는 의도를 베르누크는 확실하게 파악하고 있었다.

“돌아가는 상황을 봐서는 사신단을 가장한 정탐인 듯한데. 뭐, 그것도 괜찮겠지. 그들이 보고자 한다면 보여줘. 일부러 보여줄 필요는 없지만 굳이 감출 필요도 없으니. 그리고 상단은… 전쟁을 위한 준비겠지.”

“국왕 폐하의 예측도 맞습니다만 아무래도 그들의 주된 목적은 아국과의 동맹이 핵심이지 않을까 합니다.”

베르누크의 예상 역시 정확했지만 가장 핵심을 짚은 것은 역시 카림이라 할 수 있었다. 과거 아이젠 상단으로 이름을 떨치며, 아이젠 자작의 자금줄 역할을 하던 상단이 이제는 골드 리치 상단으로 그 얼굴을 바꾸었지만 그 역할은 변함이 없었다.

골드 리치 상단은 지금 현재 전 대륙에 뻗어 나가 대륙 5대 상단으로 성장해 있었다. 덕분에 골드 리치 상단은 폴라리스 왕국의 정보 길드 역할을 충실히 해내고 있었다.

골드 리치 상단에서 취합된 정보는 마법 크리스탈을 통해 아주 은밀하고 신속하게 왕국의 정보국으로 시시각각으로 전해져 오고 있고, 그에 폴라리스 왕국은 대륙의 정세를 손금 보듯이 파악하고 있었다.

"어떻게 했으면 좋겠나?"

"나이젤 백작에게는 베인 후작을 붙이고, 컴블 자작은 프리어스 자작이 상대하는 것이 옳을 것입니다. 또한, 기사들은 바실리코프 자작이 담당하고, 상단은 아무래도 골드 리치 상단의 상단주이자 정보국장으로 있는 스웰던 남작이 맡는 것이 좋을 것 같습니다."

카림의 막힘없는 대처에 고개를 주억거리는 베르누크였다. 적절한 판단이라는 표정이었다.

아니, 최상의 조합이나 혹은 그들을 압도할 만한 대응 방안이라 생각을 드러내는 얼굴이었다.

"적절하군. 그렇게 하도록 해."

"알겠습니다. 그리고 이것이 이스턴 국왕의 친서라 합니다. 공식적인 라인이 아닌 비공식적인 친서입니다."

"그래?"

베르누크는 카림이 전해주는 비공식적인 이스턴 국왕의 친서를 받아 그 자리에서 펼쳐 보았다.

상당히 장문임에도 불구하고, 베르누크는 간간히 고개를 끄덕이더니 이내 친서를 접었다.

"무슨 내용입니까?"

"밥 한번 먹자네."

"예?"

선뜻 이해를 못해 되묻는 카림에게 베르누크는 그냥 이스턴 국왕의 친서를 넘겨주었다. 냉큼 받아 스윽 읽은 카림은 그제야 베르누크의 말이 이해 된 듯 고개를 끄덕였다.

"확실히 그렇기는 한데, 이건 이스턴 국왕 개인적인 만남인 듯합니다."

"신경 쓸 필요 없어. 별일 없으면, 은밀하게 가서 얼굴 보고, 밥 좀 먹고 오면 되겠지."

큰일 아니라는 듯이 심드렁하게 답하는 베르누크의 말에 고개를 절레절레 젓는 카림이었다.

그리 간단한 친서가 아니었다. 일국을 이끄는 왕이 보낸 은밀한 친서가 별거 아닐 리는 만무하지 않는가 말이다.

카림의 판단에 이 은밀함은 결국 두 왕국의 관계를 더 돈독히 하고자 하되, 외부로 그 관계를 드러내지 않고자 함에 있을 것이다. 그것은 지금 당장을 위한 것이 아니라 먼 미래에 대한 포석일 수도 있었다.

카림이 미래에 대한 포석이라 생각하는 연유는 서로 팽팽하게 대치하고 있는 네 왕국의 힘과 역학 관계 때문이었다.

바이큰 왕국은 세 왕국의 주적이라 할 수 있었다. 그렇다고 바이큰 왕국을 제외한 나머지 세 왕국이 서로 그 관계가 좋으냐 하면 그것도 아니었다.

서로 견제하는 관계.

현자들이 세 왕국을 평가하기를, 백중세의 세력과 군사력을 가지고 있다고 평가한다.

그 이유는 북부를 점유하고 있는 폴라리스 왕국은 가진 바 영토에 비해 인구가 적고, 영토의 3분의 2가 산악지형인 북부는 철광산과 몬스터 부산물 등의 자원이 풍부하고 소수 정예의 군사력을 가지고 있다.

동부의 이스턴 왕국은 산악 지형이 없는 넓은 영토와 두터운 상인 계층과 풍부한 인력이 가장 큰 장점이었다. 병력으로 따진다면 가장 강력하며, 상업이 잘 발달되어 있어, 자금력이 풍부했다.

남부의 히르센 왕국은 히르센 제국의 귀족들과 기사들이 대거 포진하였고, 대륙의 절반에 이르는 밀을 생산하는 대규모 농장을 기반으로 한 풍부한 식량 자원을 가지고 있으며, 서부나 북부 혹은 동부보다 사통팔달의 교통으로 많은 물류가 움직이는 중심 지역이라 할 수 있었다.

그러한 역학 관계상으로 쉽게 동맹이나 혈맹을 맺을 수 없음이었다. 동맹이나 혈맹을 맺는다면, 향후 세력 판도는 급격하게 바뀔 가능성이 있기 때문이었다.

하지만 그러한 역학 관계를 모르고 있을 베르누크가 아니었다. 단지 지금은 시기상조이며, 딱히 이스턴 왕국과 만나 무언가 얻어낼 것이 없기에 가볍게 치부하는 것이었다.

은밀한 밀약이라는 것은 결정적으로 도움이 될 수도 있지만, 대내외적으로 알려지지 않았으니 그들이 배신을 한다 해서 무어라 따질 수도 없는 것이니 지금으로서는 전혀 실속이 없기 때문이었다.

"그리고 신설된 정보국의 보고로는 히르센 왕국에서도 사신이 보름 전에 출발했다고 합니다."

"그래? 그건 좀 의외인데……."

베르누크가 말끝을 흐렸다.

히르센 왕국은 폴라리스 왕국을 별로 좋아하지 않는다. 아니, 바이큰 왕국 다음으로 적대시한다는 것이 맞을 것이다.

이유인즉슨, 바로 그들이 히르센 제국의 정통성을 이어받았다고 주장하고 있기 때문이었다.

히르센 제국 시절 인식된 북부는 반역 가문들의 집합소 같은 존재였다. 그들은 반골 기질이 너무 강해 관리나 혹은 기사 또는 중앙의 귀족으로도 제대로 등용되지 못하였다.

그러한 연유에 기인하여, 스스로가 제국의 적통을 그대로 이어받았다 주장하는 히르센 왕국은 자연스럽게 북부를 천시하고 있었다. 다만, 지금은 공동의 적이라 할 수 있는 바이큰 왕국이 존재하기에 드러내지 않을 뿐.

물론 그러한 경향은 정도의 차이만 있을 뿐 동부의 이스턴 왕국도 다르지 않았다. 한데, 그러한 히르센 왕국이 사신을 보내오는 것이었다. 참으로 우스운 일이 아닐 수 없었다.

하지만 의외일 뿐 전혀 이해할 수 없는 일은 아니었다.

"그들로서는 어쩔 수 없는 선택이었을 것입니다. 이스턴 왕국과는 대외적으로는 아니나, 이미 대내적으로는 공공연히 대립하고 있고, 그렇다고 바이큰족과 손을 잡을 수 없으니, 남은 것은 바로 아국뿐이지 않습니까? 아국과 손을 잡는다기보다는 아래에 두려 할 것이 분명하지만 말입니다."

"그렇긴 한데……."

베르누크는 또 다시 말끝을 흐렸다. 뭔가 께름칙했다. 그들이 결코 북부를 자신들의 왕국과 동등하게 두려 하지 않을 것임은 자명한 일이다. 자신들의 왕국 아래에 두기 위해서 그들이 할 수 있는 것은 무엇일까?

곰곰이 생각을 하던 베르누크는 잔뜩 인상을 찌푸린 채 카림에게 말했다.

"결국 정략 결혼이로구만."

"맞습니다. 왕국에서 공주란 정략적인 존재. 그들을 이용하여 아국을 자신들의 아래로 두려 할 것입니다. 아니면, 자신들의 입김을 더욱 강화시키려 할 것임에 틀림없습니다."

카림의 말에 말없이 고개를 주억거리는 베르누크였다. 하지만 그의 얼굴은 그다지 밝지 않았다. 명백하게 귀찮다는 표정이었다. 아니, 귀찮다기보다는 짜증이 난다는 그런 표정이었다.

"히르센 왕국의 사신이 도착하려면 얼마 정도 걸리지?"

"보름 전에 출발했고, 이스턴 왕국이 이미 아국에 도착했음을 알고 있으니, 빠르게 이동한다면 대략 한 달이나 보름쯤 걸리지 않겠습니까? 발등에 불이 떨어졌으니 부랴부랴 이동할 것이 분명하고, 이동하는 동안 정세를 살피는 것은 게을리하지 않을 것이기 때문입니다."

"그렇겠지. 성의 위치도 그려야 할 것이고, 성주들이나 혹은 병사들과 기사들의 수준도 기록해야 할 것이고, 이동로에 따른 아국의 병력 사항이나 지형지세를 파악해야 할 터이니."

그렇다. 그들은 단순한 사신단이 아니었다. 잠정적인 적. 즉, 현재의 바이큰 왕국을 제외하고는 가장 먼저 제거해야 할 적에 대한 정찰을 겸하는 사신단이라 할 것이다. 그것은 이스턴 왕국도 다르지 않았다.

"이스턴 왕국의 사신단은 오래 있으면 오래 있을수록 좋아

하겠지?"

"그렇지 않겠습니까? 딴에는 아국을 속속들이 알 수 있는 절호의 기회이니 말입니다."

"그것도 괜찮군. 그럼 이스턴 왕국의 사신을 조금 돌려. 너무 많이 기다리게 하는 건 미안하니까 뭐라도 하나 던져 주면서 말이지."

베르누크의 말에 피식 웃어버리는 카림이었다. 왕의 자리에 오르긴 했으나 베르누크의 통치 스타일은 자작 시절과 전혀 달라지지 않았다. 일단은 측근들과 같이 있을 때는 그냥 하던 대로 하라는 엄명부터가 말이다.

"그래도 일단은 먼저 온 이스턴 왕국의 사신단의 정사와 부사를 가볍게 접견하시고 덕담이라도 건네십시오. 그래도 사신들인데 국왕 폐하의 얼굴을 보고 노는 것과 안 보고 노는 것은 차이가 있으니 말입니다."

"그건 그렇지. 가자고."

＊　　　＊　　　＊

"흐아아압!"

카라랑! 지지지직!

"후욱! 후욱!"

폴라리스 왕국 근위기사단의 공식 연무장.

그곳에서는 지금 뜨거운 열기가 피어오르고 있었다.

타원형으로 구성된 근위기사단의 공식 연무장은 그 넓이가 수천 명이 한꺼번에 연무를 하더라도 전혀 부딪히지 않을 정도로 넓어, 타원의 끝에서 끝을 보면 아득하기까지 해 보이는 연무장이었다.

그 연무장 중앙에 가로 세로 족히 10미터는 넘어 보이는 팔각의 대 위에서 두 명의 기사가 서로 진검 대련을 하고 있었다.

보통 기사들의 대련은 목검으로 행하는데 그 중심에 철심을 박아 넣는 것을 사용한다. 지금 벌어지고 있는 팔각의 대련대 위에서처럼 진검 대련은 지극히 드문 일임을 감안할 때 상당히 진귀한 광경이라 할 수 있었다.

"벌써 지친 건가?"

무심하게 질책하는 듯한 목소리.

그는 다름 아닌 폴라리스 왕국 모든 기사의 총단장인 레너드 베인 후작이었다.

일국의 총기사단장으로서 혹은 후작이라는 작위를 가진 신분으로서 이러한 진검 대련을 응한다는 것은 격에 맞지 않는 일이었으나 폴라리스 왕국은 그러한 격 따위는 전혀 상관치 않는 나라였다.

"크으음. 아직, 아직 아닙니다."

폴라리스 왕국의 총기사단장이자, 후작이며, 폴라리스 왕국에서 공식적으로 인정한 두 명의 소드 마스터 중의 한 명과 진검 대련을 하고는 있는 자는 다름 아닌 이스턴 왕국의 사신을 이끌고 온 시리우스 나이젤 백작이었다.

나이젤 백작의 시선이 대련대 주변을 훑었다. 자신이 대동한 1백의 기사와 폴라리스 왕국의 제3근위기사들이 대련대 주변을 빙 둘러싸고 있었다.

그중에서 나이젤 백작의 눈을 사로잡는 것은 역시 폴라리스 왕국의 제3근위기사들의 눈초리였다. 그들의 눈동자는 무감정했고, 얼굴은 무표정했다. 자신들에 대해서 아무런 느낌을 가지고 있지 않다는 것을 알 수 있었다.

이것은 자신들이 처음 이곳에 와 저들에게 내보였던 무시와 멸시의 감정과는 완전히 동떨어진 감정이라 할 수 있었으나, 지금 나이젤 백작이 느끼는 감정은 오히려 천둥벌거숭이 같던 자신들의 행태를 비웃는 듯한 그런 느낌으로 다가왔다.

애초에 이 모든 것의 시작은 자신들이었다. 근위기사단을 비웃어 시비를 건 것도 자신들이었고, 시비를 걸어 대련을 시작한 것도, 진검 대련을 시작한 것도 자신들이었다.

하지만 폴라리스 왕국의 제1근위기사단은 고사하고 제3근위기사들조차도 자신들이 어떻게 해볼 수 있는 존재가 아니었다. 진검 대련임에도 불구하고 사망자나 부상자가 나지 않은 이유는 그만큼 엄청난 실력의 차이가 있다는 것을 증명한다.

하지만 분노와 자존만대한 마음은 눈을 멀게 하여, 그러한 모든 것을 제대로 파악하지 못하고 오히려 분노만 충천하게 했다.

그러했던 나이젤 백작은 지금 폴라리스 왕국의 공식적인 마스터인 베인 후작 앞에 서서 확실하게 느낄 수 있었다.

감당할 수 없는 벽이며, 이들은 진정 아무런 사심조차 없이 자신들에게 베풀고 있다는 것을 말이다.

동맹국도 아니고, 어쩌면 적대국이 될지 모를 자신들을 향해서 가르침을 주고 있다는 것이 명백했다.

이것은 실로 오랜만에 느껴보는 느낌이었다. 기사로서 처음 검을 잡았을 때와 같은 그런 마음자세로 돌아가는 듯한 감각.

"진정 그만하려는 것인가?"

그때 나이젤 백작을 일깨우는 한줄기의 목소리.

나이젤 백작이 퍼뜩 정신을 차리며, 자신의 앞에서 오롯이 서 있는 베인 후작을 바라보았다.

한 시간을 대련하는 동안 베인 후작은 처음 그 자세를 한 번도 흐트러뜨리지 않고 있었다.

비스듬히 서서 마치 천을 풀어낸 듯 길고 긴 연검을 땅에 대고, 마치 하릴없는 한량인 양 자신을 바라보는 베인 후작이었다.

그의 얼굴에는 긴장감도 없었음은 물론이고, 땀방울조차 흘러내리지 않고 있었다.

그에 나이젤 백작은 손아귀에 힘을 주어 검의 손잡이를 꽉 잡았다. 흥건하게 젖은 손잡이 부분이 미끌거렸지만 여기서 이 기회를 놓칠 수는 없었다.

그러한 결의를 읽었음인지 베인 후작이 희미하게 웃으며 고개를 끄덕였다.

"하아압!"

나이젤 백작은 폭발적인 기세로 베인 후작을 향해 쇄도해 들어갔다.

보통의 기사라면 충분히 그 속도에 놀라 허둥지둥할 정도였으나, 베인 후작은 별다른 감흥이 없는지 그저 똬리를 틀고 있는 연검을 가볍게 휘둘렀다.

내지르는 검을 휘감아 돌리고, 내려치는 검을 흘려 방향을 틀었다.

3미터나 되는 연검이 너무나도 자유롭게 수발되면서 마치 커다란 벽을 때리는 듯한 소리가 연무장을 가득 메웠다.

따다다다당!

　베인 후작의 연검은 나이젤 백작의 모든 공격을 무위로 돌려 버렸다.

　나이젤 백작은 베인 후작의 연검에 담긴 그 충격을 모두 상쇄시키지 못하고 뒤로 밀려나는 몸을 힘겹게 바로세웠다.

　바로 그때,

　울컥!

　"백작님!"

　"크으으음!"

　한 사발이나 되는 검붉은 핏덩이를 게워내는 나이젤 백작이었다.

　단순히 상쇄시키지 못함이 아니라 아예 그 여파에 속이 상해 버렸던 것이다.

　대련을 지켜보던 기사들이 대련대로 뛰어 올라오려 하자 나이젤 백작이 손을 들어 만류했다.

　그리고는 스윽 팔로 입가의 핏물을 닦아 내었다.

　그의 눈동자는 활활 타오르고 있었다. 지독한 분노에 휩싸인 때문이었다.

　상대는 자신을 벌레보다 못하게 대하고 있는 것이었다.

　폭발 직전의 나이젤 백작.

　그런 나이젤 백작의 상태를 꿰뚫어본 베인 후작이 혀를 찼다.

“쯧쯧. 나약한 정신하고는. 검사가 검을 들어 말을 해야지 자존심이 무엇이고, 왕국이 무엇이란 말인가. 자신이 검을 갈고닦음이 잘못되었음을 인정하지 않고, 대체 그따위 허울 좋은 알량한 자존심은 대체 무엇이란 말인가?”

“무슨……”

뜬금없는 베인 후작의 말에 실핏줄이 터져 붉어진 눈동자를 협뜨며 나이젤 백작이 반문했다.

만약 그 순간 심령을 파고드는 베인 후작의 말이 없었다면 나이젤 백작은 분명 버서커가 되었을지도 모른다.

“고작 자존심을 세우자고 검을 들었던가? 고작 남을 경멸하기 위해서 검을 들었던가? 검을 든 첫날을 기억하는가? 목검이 아닌 진검을 받고, 그 진검으로 검을 풀던 날을 기억하느냐 말이다.”

덜. 덜. 덜덜.

베인의 말에 나이젤 백작의 검끝이 흔들렸다. 그것은 아주 미약한 흔들림이었다. 하지만 그 흔들림은 이내 점점 커져갔다.

그 흔들림이 커지면 커질수록 나이젤 백작의 뇌리에 깃드는 형언할 수 없는 그 무엇이 자꾸 무어라 하는 것 같았다.

‘내가… 도대체 지금 무엇을 하고 있는 거지?

갑작스레 찾아온 물음이었다.

한 번도 자신의 생각에 의문을 가져본 적 없는 나이젤 백작이었다. 기사로서 귀족으로 오롯이 한 길만 걸었기에 다른 의문이 있을 수 없다는 자신의 신념 때문이었다.

그런데 문제가 생겼다. 신념은 여전하지만 그 신념이 무엇인가로 가려져 있었다.

'아~ 나는 이미 초심을 잃고 방황하고, 세속에 파묻혀 나를 잊고 있었구나. 그리 좋았던 검이 언제부터인가 과시용이 되었고, 정의와 신념을 위하던 검이 권력에 빌붙어 아부하고 나만을 고집하는 검이 되어버렸구나!'

그 순간 나이젤 백작은 그대로 굳어져 버렸다.

"배……."

"조용! 제3근위기사단은 경계를 서도록 하라!"

"명!"

베인 후작의 명에 제3근위기사단이 움직였다.

나이젤 백작을 중심에 두고, 일정 간격을 띄워 외부인의 접근을 막았다. 그것은 단순히 한 겹이 아닌 이중 삼중의 경계였다.

"꿀꺽!"

나이젤 백작이 이끌고 온 기사 중 누군가가 마른 침을 삼켰다.

사위가 조용함에 평소에는 들리지도 않았을 마른침 넘기

는 소리가 마치 천둥처럼 연무장을 퍼져 나갔다.

시간은 계속 흘러갔다. 그러는 동안 경계를 서는 제3근위 기사단은 단 한 명도 움직이는 기사가 없었다.

거기에 여전히 진검 대련 때와 달라지지 않은 모습의 베인 후작도 있었다.

한참의 시간이 지난 후 나이젤 백작이 스르르르 눈을 떴다. 그의 얼굴은 윤택하게 빛이 났고, 실핏줄이 터져 붉게 물들었던 눈동자는 본래의 갈색으로 돌아와 있었다.

"후읍! 후우~"

가슴을 부풀려 크게 숨을 들이쉰 후 길고 가늘게 내뱉는 나이젤 백작이었다.

그리고 주변을 한 번 훑어보더니 이내 자신을 바라보고 있는 베인 후작을 마주보았다.

그의 입에서는 고마움에 대한 인사가 아닌 다른 말이 튀어나왔다.

"왜입니까?"

고마움의 말이 아닌 그러한 물음이 나왔음에도 불구하고 베인 후작은 답을 했다. 언뜻 들으면 전혀 맥락이 맞지 않는 물음이었지만 베인 후작은 이미 그것이 어떠한 의미인지 알고 있었다.

"그대는 기사가 아닌가?"

"기사입니다."

"나도 기사이다."

많은 말이 오간 것은 아니지만 그 속에 담긴 함축적인 의미는 실로 대단하였다.

기사라는 것.

이제는 유명무실해져 버린 기사도라는 것.

기사에게는 왕국이 없다. 다만 자신이 모시는 마스터가 있을 뿐.

베인 후작은 바로 그것을 말하는 것이었다.

기사는 마스터에 충성하는 기사일 뿐, 정치를 하지 않는다는 것을 말이다.

귀족임을 강조했다면 스스로 기사라는 말을 하지 않았을 것이다.

그 뜻을 이해한 나이젤 백작은 조용히 검을 수습하여 돌려잡은 후 정중하게 베인 후작에게 예를 올렸다.

그는 잠시 그 자세로 있더니 다시 원래의 상태로 돌아왔다.

"제가 이 폴라리스 왕국에 와서 많은 것을 배우고 갑니다. 폴라리스 왕국에는 진정한 기사가 있음에 부럽습니다."

"그대가 그대의 마스터에게 돌아가서 나와 같이한다면, 예전의 기사들이 다시 살아나지 않을까 하네."

죽었던 기사들이 다시 살아나지는 않을 것이다. 그렇다는 것은 자신이 처음 검을 잡았을 때 생각했던 그런 기사가, 정의롭고, 충성하며, 약자를 보호하는 그런 기사가 다시 나타난다는 말일 게다.

"폴라리스 왕국은 이미 그런 기사들이 살아난 듯합니다."

"국왕 폐하께서 기사이시니 당연한 게지. 그리고 내일 국왕 폐하께옵서 만찬을 하시자 하네. 물론, 히르센 왕국의 사신들도 참석할 것이고 말이네."

"알겠습니다. 또한, 후작 각하의 말씀, 평생 가슴에 새기겠습니다."

몸을 돌리려다 뒤늦은 나이젤 백작의 말에 싱긋 웃음을 짓는 베인 후작이었다.

"적으로 만난다면, 아니, 반드시 적으로 만나겠지. 그때는 나를 기쁘게 했으면 좋겠군."

그 말을 남기고 베인 후작은 몸을 돌려 휘적휘적 걸어서 연무장을 나가 버렸다. 이에 제3근위기사단 역시 경계를 풀고, 각자 훈련에 들어갔다.

그제야 이스턴 왕국의 기사들이 나이젤 백작을 향해 다가왔다.

"감축드립니다. 나이젤 백작 각하."

"감축드립니다."

여기저기서 축하한다는 말을 하는 기사들이었다.

하지만 나이젤 백작의 귀에는 그러한 그들의 소리가 들려오지 않았다. 나이젤 백작의 시선은 점점 작아지고 있는 베인 후작의 뒷모습에 박혀 있었다.

'이미 폴라리스 왕국은 완성되어 있었구나.'

나이젤 백작의 고개가 하늘로 향했다.

구름 한 점 없이 맑은 북부의 하늘이었다.

손으로 푹 찌르면 푸른색의 물이 주르륵 흘러내릴 것만 같은 하늘.

왠지 눈이 시려와 가늘게 뜨고 하늘을 바라보는 나이젤 백작이었다.

'아마 적으로 만날 것입니다. 하지만 이미 마스터를 섬기는 몸. 그 마스터가 올바른 길을 가도록 최선을 다할 것이나, 쉽지는 않을 듯합니다. 이미 마스터의 주변에는 많은 사람이 있으니 말입니다. 만약 적으로 만난다면… 저는 마스터를 위해 최선을 다할 것입니다.'

나이젤 백작의 생각은 정해졌다.

어쩌면 이미 정해져 있었을지도 모를 일이나, 그동안 가려졌던 자신의 행보를 정확히 정한 것이나 다름없었다.

자신을 무시할 수는 없겠으나, 절대적이지 않다는 것을 아는 나이젤 백작이었다.

"자중하도록. 오늘은 이만 훈련을 마치고, 내일을 준비한다."

"명!"

기사들이 큰소리로 명을 받았다. 그들의 눈에는 희열이 감돌았다.

이스턴 왕국에 드디어 마스터가 생겼다. 그것도 자신들이 보는 앞에서 말이다.

물론 자의에 의한 깨달음이 아니라 타의에 의한 깨달음이었지만, 나이젤 백작이 마스터가 되었다는 것과 그가 이스턴 왕국의 사람이라는 것은 변함없는 진실이었다.

*   *   *

이스턴 왕국과 히르센 왕국의 양국 사신을 맞는 접견실에 베르누크가 착석을 했다. 그 뒤를 외교대신을 맡고 있는 메이커스 백작과 재상으로 있는 클라우제비츠 후작이 앉았다.

또한 베르누크의 뒤로는 백작의 작위를 받은 제이 브레이커와 데이브 바티스타가 예전과 다름없이 천상의 수호신처럼 우뚝 서 있었다. 그에 이스턴 왕국과 히르센 왕국의 사신들이 자리에 착석하였다.

"잘들 쉬셨는지 모르겠소."

"국왕 폐하의 성은으로 편안한 휴식을 취했사옵니다."

"그렇구려."

사신들의 말에 고개를 주억거리는 베르누크였다.

그 얼굴에 아무런 표정이 떠오르지 않았기에 베르누크를 대하는 사신들의 얼굴은 신중해졌다.

하지만 이스턴 왕국의 사신과 히르센 왕국의 사신의 신중함은 근본적으로 달랐다.

이스턴 왕국의 사신은 처음 폴라리스 왕국에 도착했을 때와는 천양지차의 행동을 보이고 있었다.

그도 그럴 것이, 이스턴 왕국은 히르센 왕국보다는 폴라리스 왕국에 대한 편견이 덜함이 하나의 이유였다.

또 하나의 이유는, 바로 정사로 온 나이젤 백작의 깨달음과 부사로 온 컴블 자작, 그리고 기타 그들이 이끌고 온 마법사 혹은 기사들의 인식이 완벽하게 변해 있었기 때문이었다.

때문에 그들의 태도는 지금 히르센 왕국의 사신들과 같이 안하무인이던 처음의 태도와는 완연하게 달라진 모습이었다.

그들은 사신 본연의 자세로 돌아가 있었다.

그에 반해 히르센 왕국의 사신들은 조금 불만 어린 혹은 짜증 섞인 표정을 짓고 있었다. 이들은 이스턴 왕국의 사신들이 출발했다 하기에 부랴부랴 꾸려진 인선이고 사신들이었기에 제대로 된 사신단이 아니라 해도 과언이 아니었다.

거기다 자국에 대한 자부심이 대단한 자들이라 할 수 있었다.

때문에 지금 제국의 적통임을 자부하는 히르센 왕국의 사신들은 솔직히 폴라리스 왕국의 국왕에게 이렇게 허리를 숙이는 것조차 상당히 불만스럽고, 못마땅했다.

그들의 얼굴에는 그러한 표정이 역력하게 드러나 있었다.

'크음. 제국의 적통을 이은 본 국이거늘 어찌 이리도 예를 모른단 말인가? 적통을 이었으니 응당 본 국이 상국이거늘. 쯧쯧. 역시 바이큰 족속들과 다르지 않은 천한 것들이런가?'

이것이 바로 히르센 왕국의 사신으로 온 조엘 헤저드 백작의 속마음이었다. 그러한 속마음은 표정으로 그대로 드러나 여기 있는 모든 이가 알 수 있을 정도였다.

'히르센 왕국의 헤저드 백작이라고 했던가? 스스로 무덤을 파는구나.'

그러한 히르센 왕국의 행태를 보고 있던 나이젤 백작은 과거 자신들이 했던 행동보다 더한 행동을 스스럼없이 행하는 그들의 모습에 식은땀을 흘려야만 했다.

눈을 덮고 있던 어둠이 걷히자 지금의 헤저드 백작이 하는 행동이 얼마나 어리석고 교만하며 불손한지, 그저 그 행동을 보는 것만으로도 식은땀이 흥건해지는 것이다.

그렇지만 이 접견실에 참석한 모든 폴라리스 왕국의 재상과 대신들은 전혀 아무런 내색을 하지 않았다.

이미 그럴 줄 알았다는 듯이 지극히 사무적인 태도로만 임했다.

"먼저 이스턴 왕국의 국왕의 친서를 잘 받았소. 고맙다 전해주시고, 동맹 건에 대해서는 흔쾌히 받아들이겠소."

"감읍하옵나이다."

베르누크의 말에 이스턴 왕국의 정사와 부사로 온 나이젤 백작과 컴블 자작은 그들의 진심을 담아 허리를 숙여 예를 다했다.

그들에게 중요한 것은 그들의 내심으로 간직하고 있는 마음이었다.

'만약 분리된 제국이 다시 통일된다면 그것은 바로 폴라리스 왕국에 의해서일 것이다.'

'폴라리스 왕국. 진정 무서운 곳이다. 물론, 모든 것을 보여주지는 않았겠으나, 그들이 보여준 것만으로도 소름이 돋을 정도이니 진정으로 경계해야 할 곳이다.'

나이젤 백작과 컴블 자작은 그렇게 생각했다.

하지만 겉으로 드러낼 수는 없는 법. 그들은 폴라리스 왕국의 귀족이 아닌, 이스턴 왕국의 귀족이었기 때문이었다.

"동맹에 의한 바이큰 왕국을 징벌하기 위한 군은 직접 친정토록 하겠소."

"그 또한 감읍하옵나이다. 신 등은 영명하신 폴라리스 국왕 폐하의 답신을 받아 이만 회국토록 하겠나이다."

"그동안 수고들 하시었소. 살펴가시길 바라오."

베르누크의 말에 나이젤 백작과 컴블 자작은 허리를 깊숙이 굽혀 읍을 한 뒤 폴라리스 왕궁의 대전을 나섰다.

이제 남은 것은 히르센 왕국의 사신들뿐이었다.

"커흠. 국왕 폐하께옵서는 아국의 제의를 어찌 생각하시옵나이까?"

이스턴 왕국의 사신이 물러나자 헛기침을 한 번 한 히르센 왕국의 조엘 헤저드 백작이 물었다.

그의 목소리에는 티가 나도록 짜증이 묻어나 있었다.

베르누크가 답을 했다.

"별로 생각해 볼 것도 없을 것이오."

베르누크의 답에 히르센 왕국의 헤저드 백작의 표정이 모호해졌다. 어떠한 의도의 말인지 잘 파악치 못한 표정이었다. 그에 베르누크는 피식 웃어버렸다.

"아국의 국모는 아국에서 구한다는 말이오."

"예?"

베르누크의 말에 고개를 바짝 쳐들어 버린 헤저드 백작과 매드슨 자작이었다. 사신의 자격으로서 도저히 할 수 없는 행태를 보인 것이었다.

그때 대전을 울리는 호통 소리가 들려왔다.

"무엄하구나, 헤저드 백작! 그대가 아무리 히르센 왕국의 사신이라 해도 이곳은 분명 폴라리스 왕국의 국왕 폐하께서 계신 자리다. 어찌 사신으로서 그 예조차 지키지 않는가?"

호통 소리가 들리는 것은 바로 대전의 입구 쪽이었다.

그곳에는 폴라리스 왕국의 유일한 공작인 구데리안 공작이 매서운 눈빛으로 히르센 왕국의 사신인 헤저드 백작과 매드슨 자작을 바라보고 있었다.

"허억! 구, 구데리안 공작!"

"네놈 따위가 감히 본 작을 함부로 부를 만한 위치였더냐?"

구데리안 공작의 커다란 노호성에 찔끔하는 헤저드 백작과 매드슨 자작이었다.

과거 히르센 제국 시절 그들로서는 감히 쳐다보지도 못할 그러한 존재가 눈앞에 있으니 당연한 것일 게다.

움츠러든 히르센 왕국의 사신들을 성난 눈으로 일별한 구데리안 공작은 곧 가장 높은 곳에 자리하고 있는 베르누크를 향해 기사로서 혹은 예하 귀족으로서 예를 올렸다.

"신 구데리안 공작 국왕 폐하께 문후 여쭈옵나이다."

"오허~ 구데리안 공작. 그동안 격조하시었습니다. 기사의 탑의 탑주에 오른 후 짐을 잊어버린 듯하여 짐짓 서운하였으나, 이리 들러주시어 짐의 마음이 흡족합니다.”

“성은이 망극하옵나이다.”

둘의 대화는 귀족과 국왕으로서의 대화가 아니라 신하와 국왕으로서의 대화였다.

공작이라 하면, 정치적으로 국왕의 다음 자리에 해당하는 지고한 위치에 있는 작위이다.

한데 지금 둘의 사이에 오간 것은 지고한 위치라기보다는 신하와 국왕, 또한, 기사의 탑의 탑주와 그것을 허한 명백한 수직적인 관계로서의 예이니, 그 모습을 보는 히르센 왕국의 사신단은 등줄기에 서늘한 땀이 흐르는 것을 느껴야만 했다.

그러한 히르센 왕국의 사신단을 그대로 두고 구데리안 공작과 베르누크는 한동안 사담 혹은 보고 형식의 대화를 하였다.

그동안 히르센 왕국의 사신들은 아무런 말도 없이 그저 허리를 깊숙이 숙이고만 있었다.

“그럼, 히르센 왕국의 사신들에게 이르노라. 금번 동맹 건에 대한 협의는 수락할 것이며, 정략적인 결혼에 대한 짐의 의견은 불가함을 전하노라. 자세한 사항은 실무진과 협의토록 명하였으니, 그리 알고 물러가도록 하라.”

“서, 성은이 망극하옵나이다.”

그 말을 남기고 히르센 왕국의 사신들은 뒷걸음질 쳐 대전을 빠져나갔다.

그 모습을 베르누크가 뚫어지게 쳐다보았다. 끝까지 그들을 긴장시키는 베르누크였다.

그들이 물러나고 대전에는 무언가 어색한 기운이 감돌았다. 그 와중에 입을 연 것은 구데리안 공작이었다.

"커흠. 꼭 그렇게 해야 했습니까?"

뜬금없는 구데리안 공작의 말이었다.

그는 지금 어색함을 견디지 못해 얼굴이 푸들푸들 떨릴 지경이었다.

그것은 구데리안 공작뿐만 아니라 지금 대전 안에 있는 모든 이가 같은 심정이었던 모양이었다.

물론 카림을 제외하고는 말이다.

카림은 이들의 반응을 이미 예상이나 했다는 듯이 미미하게 미소를 지었다.

"이스턴 왕국과 히르센 왕국은 다릅니다. 이스턴 왕국은 아국에게 도움을 줄 수 있겠으나, 히르센 왕국은 상당히 많은 간격을 두고 있는 왕국입니다. 더군다나 그들은 과거의 히르센 왕국의 잔재를 그대로 이어받았습니다."

카림의 말에 구데리안 공작은 고개를 끄덕였다. 당연히 그는 이해할 수 있었다. 카림의 말이 무엇을 의미하는지 말이다. 과거 자신들이 그러했으니 이해하지 않으려야 않을 수 없었던 것이었다.

"그러한 히르센 왕국에는 좀 간지럽고 고루하지만 우리의 속내를 그대로 드러낼 필요는 없습니다. 반면 이스턴 왕국은 동맹의 관계를 유지하기 위해 그들 나름 최선을 다하고 있습니다. 근본적으로 아국을 대하는 자세가 다르기에 우리 또한 그 대응 방안이 달라야 할 것입니다."

그러했다.

이스턴 왕국과 히르센 왕국은 근본적으로 폴라리스 왕국을 대하는 입장을 달리했다.

앞으로 어떻게 될지는 모르나 지금 현재의 이스턴 왕국은 과거 국왕과의 인연 때문인지 몰라도 폴라리스 왕국을 정당한 동맹국으로 대하였고, 히르센 왕국은 견제와 함께 동맹국이라기보다는 조공국 정도로만 보고 있는 실정이었다.

카림이 두 왕국에 대한 대처 방안을 설명하는 동안 대전에는 레너드를 비롯하여 현재 폴라리스 왕국을 다스리는 실질적인 실세들이 모여들고 있었다.

겨우 왕국으로 성립된 지 6년밖에 지나지 않았으나, 이미 잘 그려진 마법진처럼 한 치의 틈도 어긋남이 없이 돌아가는 폴라리스 왕국의 국정이었다.

커다란 대전.

공허하리만큼 허전했던 대전에 어느새 길다란 탁자와 수

많은 의자가 들어찼고, 한 명 두 명 비어 있던 의자에 사람들이 채워졌다.

그들은 대전에 입장하자마자 헐레벌떡 자리에 앉기 바빴다.

가장 늦게 들어와야 할 국왕이 먼저 들어와 가장 상석에 앉아 두 명의 호위와 카림, 그리고 구데리안 공작과 노닥거리고 있었기 때문이었다.

아무리 허례허식을 별로 좋아하지 않는 국왕이라지만 그래도 일국의 국왕일진데 먼저 와서 기다린다는 것에 움찔하는 모습이었다.

그것을 알았음인지 베르누크는 귀족들이 3분의 1쯤 자리에 착석할 때 살짝 대전을 나와 밖에서 기다렸다.

아무리 편하게 하라 한다 해도 자신은 국왕. 그 앞에서 편할 수 있는 사람은 아마 드물 것이다.

그 옆에는 구데리안 공작과, 유일한 대공인 카이시스 라이너, 레너드와 카림과 제이와 데이브가 있었다.

"진정 친정을 할 생각입니까?"

"대공을 제외하고 제가 가장 강하잖습니까?"

"그렇기는 합니다만."

라이너 대공이 넌지시 베르누크에게 물었다. 여기서는 극존칭이 필요 없다. 그저 원래대로 하면 그만이었다. 누가 위이고, 누가 아래고의 구분이 희박한 그런 사람들이니까.

"이번에도 라이너 대공께서 구데리안 공작과 더불어 왕국을 잘 다스려 주시기 바랍니다. 제가 친정을 나갈 수 있는 이유는 두 분이 있기에 가능한 것이니 말입니다."

"그것은 어렵지 않으나……."

"자주 있었던 일 아닙니까? 제가 국왕이 되었다 해서 달라지는 것은 없습니다. 또한 행정적으로나 군사적으로 빠르게 완비된 상태이니 그리 큰일은 없을 것입니다."

베르누크는 자꾸 늘어나는 라이너 대공의 걱정을 일축했다.

베르누크의 장담에 라이너 대공 역시 조금은 안심이 되는 듯 보였다.

기실 지금의 세계에서 베르누크를 어찌해 볼 이들은 극히 드물다.

라이너 대공이 걱정하는 것은 일국의 국왕이 함부로 자리를 비우는 것에 대한 걱정일 것이다.

아무리 자신이 있고, 구데리안 공작이 있다 하여도, 국왕이 있고, 없고의 차이는 상당히 크니까 말이다.

환상의 종족 드래곤이긴 하지만 베르누크 가까이에서 지내오면서 라이너 대공의 사고관도 많이 인간적으로 바뀌어 있었다.

일단 그렇게 짤막한 논의를 마친 뒤 베르누크가 좌중을 둘러보았다.

"네 개의 왕국으로 나뉘어져 있다고는 하나, 지금은 분명 난세입니다. 지금의 평화란 전쟁을 준비하기 위한 평화입니다. 이제 이 평화마저도 깨지고 다시 전란으로 접어들 것입니다."

거기서 잠시 말을 끊은 베르누크였다.

그는 자신을 바라보는 이들을 한 번 훑어본 후 다시 입을 열었다.

"지금은 바이큰 왕국이라는 큰 적이 있어 서로 속내를 감추고 동맹을 하고 있으나, 바이큰 왕국이 무너지고 나면 이 동맹은 바로 깨어질 것입니다. 바이큰 왕국 다음에는 바로 아국이 대상이 될 가능성이 높습니다. 이스턴 왕국을 우호적인 왕국으로 만든 것은 바로 그러한 연유에 있습니다. 바이큰 왕국 다음의 대상을 아국이 아닌 바로 히르센 왕국으로 돌리기 위해서입니다."

베르누크는 길게 보고 있었다.

단순히 바이큰 왕국 하나만을 보는 것이 아니었다.

히르센 왕국의 사신단은 이곳에 와서 무시를 당하고, 또한 폴라리스 왕국을 제대로 파악조차 하지 못하고 쫓겨나듯 자국으로 돌아갈 것이다.

그것은 베르누크와 카림이 생각해 낸 무서운 노림수라 할 수 있었다. 미래를 위한 하나의 포석일 것이다.

"결국 남는 것은 이스턴 왕국과 아국입니다. 쉴 틈이 없을 것입니다. 이것이 10년을 갈지 20년을 갈지는 모릅니다. 안과 밖이 튼실하지 않으면, 결코 견딜 수 없는 시절이 될 것입니다. 이 모두의 왕국이 반석에 오를 때까지 절대 쉬지 않을 것입니다. 짐이 가장 앞에 설 것이며, 가장 많은 피를 마실 것입니다. 그러하니 대공께서 이곳을 지켜주시길 바랍니다.”

베르누크는 이곳에 남을 사람들에게 내정을 당부했다.

그 누구도 베르누크의 말에 반대되는 의견을 제시하지 않았다.

물론, 반론을 제시하려면야 충분히 제시할 수 있겠으나, 베르누크 스스로 짊어져야 할 짐을 누가 대신해 줄 수 있을 리가 만무하기 때문이었다.

“시간이 되었습니다.”

그때 그림처럼 베르누크의 옆에 서 있던 카림이 조용하게 입을 열었다.

“그러도록 하지. 또 다른 시작입니다. 잘 부탁드립니다.”

그 말과 함께 살짝 묵례를 하는 베르누크였다. 라이너 대공과 구데리안 공작 역시 짧게 묵례를 함으로써 베르누크의 당부를 받아들였다.

CHAPTER
02
전쟁의 시작

Knight King

삼국의 병력이 서쪽으로 움직였다.

히르센 왕국 30만, 이스턴 왕국 40만, 폴라리스 왕국 20만. 총 90만의 병력이었다. 이에 잠깐의 평화에 젖어 있던 대륙이 술렁거리기 시작했다.

이처럼 대군이 움직인 적은 히르센 제국의 설립 당시의 정복 전쟁을 제외하고는 한 번도 없었기에 그 규모에 모두 입을 떡 벌리고 말았다.

하지만 그것은 삼국에서 동원한 병력만 그러했으니, 실제 그에 맞서는 바이큰 왕국의 300만 병력에 비하면 아무것도 아니었다.

　바이큰 왕국은 이제는 바이큰 왕국의 귀족이 되어버린 과거 히르센 제국의 귀족들에게 징집을 명하고, 황도에서 쓸어온 유민 중 병기를 들 수 있는 모든 이를 군으로 끌어들였다.

　히르센 왕국과 이스턴 왕국, 그리고 폴라리스 왕국은 바이큰 왕국의 실질적인 병력과 맞부딪히기 전에 과거 히르센 제국의 잔재들과 과거 히르센 제국의 제국민들과 가장 먼저 전투를 벌여야만 했다.

　히르센 왕국은 남으로부터, 이스턴 왕국은 동으로부터, 폴라리스 왕국은 북으로부터 그 첫 전투를 시작했으니, 잠깐의 휴식의 시간을 가진 전쟁은 다시 그 잔인한 역사 속으로 빠져들고 있었다.

＊　　　＊　　　＊

　"만나서 오찬이라도 함께하고 싶었으나, 상황이 상황인지라 이렇게 전할 수밖에 없음이 실로 안타깝소."

　마법 크리스탈에서 맺힌 영상은 바로 이스턴 왕국의 국왕이었다. 친서에 의해 베르누크의 말대로 밥 한번 먹자는 그 귀중한 회동이 상황이 급변함에 따라 밥도 제대로 먹지 못하고 바이큰 왕국에 대한 공격을 감행하게 된 것이었다.

"어쩔 수 없는 일이지요. 혼자 움직일 수 있는 입장이 아니니까요. 이렇게 마법 통신을 한 연유가 다만 그 연유 때문만은 아닌 듯합니다만?"

베르누크는 직설적으로 물었다. 이미 동맹이라는 이름 아래 군을 이동시키려 하는 상황에서 딱히 전할 말이 없었기 때문이었다.

"허허. 여전하구려. 내 핵심만 말하리다. 바이큰 왕국과 서북 대평원을 잇는 던가드 지역을 막아줄 수 있겠소?"

"던가드라……."

베르누크는 말을 흐렸다. 확실히 서북 대평원과 바이큰 왕국과 연결고리를 하고 있는 던가드 지역을 막는다면 적의 뒤통수에 비수를 들이대는 것과 다르지 않을 것이다.

던가드 지역이라 하면 서북 대평원으로 향하는 관문과 같은 곳으로서 좌우로 펼쳐진 두 개의 산이 마치 자물쇠의 역할을 하듯 가까이 근접해 있는 지역이었다.

좌측의 필테른 산과 우측의 해이븐 산의 거리는 약 40킬로미터 정도이다. 두 산 모두 울창한 숲과 넓은 면적, 그리고 험악한 산세를 지니고 있어 넓은 평원으로 이루어진 던가드 지역을 거치지 않고서는 교통할 수 없는 그러한 지역이었다.

해서 히르센 제국 시절 서북 대평원의 바이큰족의 침입을 방어하기 위해서 필테른 산과 해이븐 산을 연결하는 성벽을 쌓게 되었는데, 어찌나 많은 피를 흘렸던지 그곳을 던가드 성 벽이라기보다는 피의 성벽이라는 지명으로 더 유명한 곳이었 다.

"일단은 고려를 해봐야 할 듯합니다. 아시겠지만 던가드 성벽, 달리 피의 성벽이라 불리는 그곳은 우리도 그 중요성을 알고 있듯이, 그들 역시 중요성을 잘 알고 있는 지역이라서 말이지요."

베르누크는 일단 한발 뺐다.

그곳은 중요한 곳이었다. 특히나 서부에 왕국을 세운 바이큰족으로서는 특히 더 중요한 곳이다.

자신들의 요람으로 향할 수 있는 유일한 창구이니 당연한 것일 게다.

또한, 전략적으로 자신들의 숨통이라는 것을 바이큰 왕국 또한 알고 있다.

그러한 던가드 성벽을 그저 방치할리는 만무하다. 그러하니 당연히 공략하기가 어려운 것은 두말할 나위도 없는 곳이었다.

"해준다면 바이큰 왕국의 북부를 폴라리스 왕국의 영토로 인정하겠소."

그때 이스턴 왕국의 국왕의 입으로부터 결정적인 단어가 튀어나왔다.

바이큰 왕국의 북부를 인정한다는 것은 바이큰 왕국을 무너뜨리고, 활약이 있든 없든 간에 바이큰 왕국의 북부 지역을 폴라리스 왕국의 영토로 인정한다는 것이었다.

그 말에 베르누크는 짐짓 놀라는 척하며 되물었다.

"허~ 그것이 이스턴 왕국만 인정한다고 해서 인정되는 것은 아니지 않소?"

"그에 대해서는 이미 히르센 왕국의 국왕과도 협의를 끝낸 사항이오. 어떻소, 이 정도면 실로 파격적이라 할 수 있을 터인데 말이오."

맞는 말이었다. 파격적인 제안이라 할 것이다.

베르누크는 그러함에도 얼굴을 펴지 않고, 고민하는 표정을 지었다. 섣불리 인정하지 않겠다는 신중한 표정이었다.

그에 오히려 몸이 단 것은 이스턴 왕국의 국왕이었다.

폴라리스 왕국이 던가드 지역을 회복하고 지켜낸다면 이번 전쟁은 많이 쉬워질 수 있었기 때문이었다. 이번 전쟁의 핵심이 바로 그곳이라 할 수 있었다.

"무엇을 더 원하오?"

결국 이스턴 왕국의 국왕으로부터 한마디를 더 이끌어낸 베르누크였다. 하지만 여전히 진중한 표정을 짓고 있었다.

"흐음. 무엇을 원하는 것이 아니라 북부의 가용 병력이라 봐야 겨우 20만. 던가드 성벽을 지키고 있는 바이큰 왕국의

병력은 순수하게 바이큰족들의 전사로 이루어진 20만의 전
력이오. 또한, 과거 제국의 귀족들이 동원하여 배치한 병력
이 대략 40만. 아시겠지만 지금의 던가드는 바이큰 왕국의
제2의 수도로 일컬어지고 있소. 거기에 세 배가 넘는 병력이
오. 자칫 잘못하면 아국이 위태로울 수도 있음이니 쉽지 않
다는 것이오."

"병력 지원을 원한다면 병력을 지원해 주겠소."

병력까지 지원해 주겠다는 이스턴 왕국의 우호적인, 아니,
절실한 대답이었다. 하지만 병력은 무의미했다. 어차피 지휘
계통이 다르다면, 작전이나 병력을 운용함에 있어 오히려 더
힘들어질 수도 있었기 때문이었다.

"병력 지원은 되었고, 사실 북부가 척박한 탓에 식량이 상
당히 부족합니다. 식량을 지원해 주신다면, 던가드를 한번 공
략해 볼 생각은 있소."

"식량이라면, 얼마나……."

"아시다시피 북부는 척박하오. 전쟁이 난다면 생계가 쉽지
않아질 수도 있지요. 해서 20만이 1년을 버틸 군량과 함께 북
부의 왕국민이 5년을 나게 할 수 있는 식량의 원조를 바라
오."

"허. 흠~"

베르누크의 말에 입을 다무는 이스턴 왕국의 국왕이었다.

남부의 히르센 왕국과 함께한다면, 어렵지도 않은 조건이
었다.

북부의 최대 단점은 왕국민이 모자라고, 농사를 지을 땅이
부족하다는 데 있다.

이 전쟁이 1년이 갈지 10년이 갈지 모르지만 5년 정도의 소
요 식량이라면 충분하고도 남았다. 아니, 그것으로 던가드 지
역을 틀어막을 수 있다면 오히려 이득이라 할 수 있었다.

"좋소. 그리하리다."

"좋습니다. 북부는 던가드를 칠 것입니다."

"고맙소."

"7일 후 북부는 던가드로 갈 것이오. 바이큰 왕국을 공략함
에 있어 부디 영광이 함께하길 빌겠소."

"귀국에 영광을."

그렇게 이스턴 국왕과의 협상을 마친 베르누크는 마법 통
신이 완전히 소거되었음을 확인하고 나서 주변을 둘러보았
다.

라이너 대공과 구데리안 후작 그리고, 카림과 레너드가 모
습을 드러냈다.

"역시 예상대로입니다."

가장 먼저 입을 연 것은 역시 카림이었다.

"대신 바이큰이 무너지고 난 후 다음 목표는 바로 아국이

되겠지.”

“던가드와 바이큰 왕국의 북부를 얻어낸다면 어차피 그들과 국경을 마주할 수밖에 없습니다. 이스턴 왕국이 그 마주하는 국경이 넓기는 하겠으나, 싸움을 걸어오는 쪽은 바로 히르센 왕국일 것입니다.”

카림의 설명에 모두들 고개를 주억거렸다.

그의 말이 옳다. 앞으로 몇 년은 혹은 몇 십 년은 전쟁이 계속될 것이다.

그것은 불 보듯 뻔한 이치.

1년의 식량이라 했지만 결코 1년의 식량으로만 끝나지 않을 가능성이 높았다.

던가드는 1년의 식량보다는 더 중요한 가치를 지닌 곳이니까 말이다.

또한, 그 1년의 식량은 고스란히 폴라리스 왕국이 비축분이 될 것이다. 향후 몇 십 년을 견고하게 버틸 그런 자원이 될 것이었다.

“준비는 다 되었지?”

“오늘부로 훈련을 종료하고, 정비에 들어갔습니다. 늦어도 5일 후까지는 모든 준비가 완료될 것입니다.”

레너드의 말에 고개를 끄덕인 베르누크였다. 그에 레너드의 보고가 계속되었다.

“병력은 총 20만입니다. 그중 기사단 3천, 마법사단 1천. 경기병 3만, 궁기병 3만, 보병 14만입니다. 보병은 이번에 새로이 개량한 보병 운송 마차가 사용될 것입니다.”

“좋군.”

레너드의 보고에 베르누크는 간단하게 말을 끊었다. 기동력을 최대한 살린 부대라 할 수 있었다. 또한, 지금까지 기동력에 초점을 맞춰 집중적으로 훈련을 실시했고 말이다.

“5일 후라고 했지?”

“그렇습니다.”

“바로 출발하도록 하지. 저들이 준비를 하기 전에 말이지.”

“국왕 폐하의 뜻대로 이루어질 것입니다.”

*　　　*　　　*

정확히 5일 후.

북부의 폴라리스 왕국은 20만의 병력을 이끌고 던가드로 향하였다.

생각보다 빠른 북부의 폴라리스 왕국의 출정이었다. 하지만 다른 세 왕국은 그리 크게 놀라지는 않았다.

언제나 몬스터와 전쟁을 하는 북부 지역의 특성상 하루 이틀 출정 일자가 빨라지는 것에 대해서는 어느 정도 예상하고 있었던 때문이라 할 것이다.

물론 그들의 예상에는 출정 일자가 늦어지는 것도 들어 있었을 것이다.

또한 적국이 된 바이큰 왕국은 그들의 이동 경로가 던가드라는 것도 예상하고 있을 것이고, 던가드에 도착하는 예정 일자까지 철저하게 계산하고 있었음에 틀림없었다.

하지만 예상이 모두 맞을 수는 없었다.

특히나 북부에서 던가드로 가는 길목에 위치한 세 개의 성을 지나야만 하기에 북부의 병력이 제대로 던가드로 도착할지도 미지수였다.

그 성들은 던가드 지역을 방어하는 수많은 성을 하나로 연결할 당시 가장 좌측의 두 곳과 북부에서 던가드로 진입하는 가장 우측의 세 곳. 이 다섯 곳의 성을 던가드 성벽에 포함시키느냐 마느냐로 갑론을박이 있었던 곳으로, 각기 우측의 세 개의 성인 우슬란, 시튼, 아카트 성과 좌측의 두 개의 성인 카이트와 낭뜨 성이었다.

결국 좌측 두 곳의 성과 우측 세 곳의 성은 던가드 성벽에 포함되지 않았으나 더욱 견고하고 크게 축조되었다.

그것은 신축성 있는 작전의 구사와 함께 만약 던가드 성벽이 뚫렸을 경우 병력을 충원하고 전략을 마련하기 위한 족쇄의 역할을 대신할 목적 때문이었다.

설마 던가드 성벽을 구축할 당시 지금과 같은 상황을 예상이야 했겠는가마는, 던가드 성벽과 다섯 개의 성이 서부를 바이큰족 자신들의 왕국으로 만든 지금에 와서는 난공불락의 지역으로 만들어주고 있었다.

그러한 난공불락의 던가드 성벽에 도달하기 전 첫 번째 성인 우슬란 성.

그 우슬란 성을 우슬란 성보다 더 높은 곳에서 내려다보는 일단의 군마가 있었으니 다름 아닌 바로 베르누크가 이끄는 병력이었다.

베르누크의 옆에는 그림자라 할 수 있는 카림이 말머리를 나란히 하고 있었다.

"레너드와 롬멜 백작이 언제쯤 도착하려나?"

"베인 후작은 적어도 3일 이내에, 그리고 롬멜 백작은 5일 이내에 도착할 것입니다."

"딱 좋군. 군사들을 쉬게 하고, 이틀 후에 공격을 준비하도록 해."

"정말 겨우 5만의 병력으로 공성을 하실 요량이십니까?"

걱정스럽다는 듯이 베르누크에게 물어보는 카림이었다.

그도 그럴 것이, 우슬란 성은 산성이었다. 가파른 산을 따라 지은 성으로 적어도 2만이 넘는 인원이 지키고 있는 산성

을 겨우 5만의 병력으로 공격한다는 것은 진정 요원한 일이
었다.

하지만 어찌 된 일인지 베르누크는 별 어려움 없다는 듯이
15만의 병력을 레너드와 롬멜 백작에게 나누어주고, 자신은
5만의 병력으로만 우슬란 성을 공격하겠다 하는 것이었다.

"날 믿지 못하는 것인가?"

"국왕 폐하를 믿지 못하는 것이 아니라는 것을 아시지 않
습니까?"

"내게는 마법이 있어."

"그렇다 하더라도 산 위에 돌로 단단하게 축조된 성을 공
략하기란 쉽지 않습니다."

"두고 보면 알아."

"방법이 있다니 더 이상 말리지 않겠습니다만……."

여전히 걱정스럽다는 듯이 말을 하는 카림이었다.

그러한 카림의 얼굴을 바라보며 마치 재미있다는 듯이 히
죽 웃어버리는 베르누크였다.

이들은 아직 모른다. 베르누크의 마지막 한 수를 말이다.

그때 베르누크와 카림의 곁으로 누군가가 다가왔다. 그는,
아니, 그녀는 다름 아닌 테레지아 백작이었다.

"진지 구축이 완료되었사옵니다."

테레지아 백작은 과거보다는 조금 더 온화해진 모습이었

다. 하지만 그렇다 해서 얼굴의 커다란 상처가 가려진 것은
아니었다.

다만, 과거에는 그것이 감추고 싶은 상처였지만, 지금은 감
추지도, 그렇다고 드러내지도 않은 정도라는 것이었다.

그것은 상당히 큰 변화였다. 또한, 그 변화에 걸맞게 본래
의 성격이 쾌활했던 탓인지 그 행동마저도 적극적으로 변해
있었다.

단적으로 지금의 경우, 베르누크와 카림이 대화를 나누는
동안 테레지아 백작은 그 둘의 행동에 적당히 진지를 구축하
고 보고를 하는 것이었다.

그것은 작전에 대한 개념과 흐름을 파악함에 있어서 남다
른 감각을 가지고 있다는 것을 의미했다. 이미 지난 황도 탈
환전에서 테레지아 백작은 검의 경지가 한 단계 더 상승함에
정신적으로 육체적으로 더욱더 성숙해진 계기가 되었을지도
몰랐다.

"이틀 후에 우슬란 성을 공략할 것이오."

"하면, 네 성문을 집중 공략할 생각이시옵니까?"

"그러하오."

"준비토록 하겠사옵니다."

그 말과 함께 절도있게 읍을 한 후 물러나는 테레지아 백작
이었다. 그러한 테레지아 백작을 베르누크가 물끄러미 바라

보고 있자, 그에 카림이 불만이라는 듯이 물었다.

"언제까지 저리 방치하실 생각입니까?"

"음? 그게 무슨 말인가?"

카림의 물음에 태연하게 되물어보는 베르누크였다. 지금 자신이 묻는 것이 어떤 의미인지 알고 있음에도 의뭉스러운 그의 태도에 피식 웃어버린 카림이 말을 이었다.

"아무리 그래도 알 사람은 다 압니다. 국왕 폐하께서 테레지아 백작을 마음에 두고 있다는 것을 말입니다."

"아, 아니… 그, 그게 말이지……."

평소에 거칠 것 없던 베르누크지만 유독 테레지아 백작의 이야기만 나오면 이리 당황하였다. 기사로서, 한 왕국을 다스리는 국왕으로서 그 대담하고 신실한 모습은 단연 최고였으나, 한 명의 여인 앞에서는 그저 말더듬이일 뿐인 베르누크였다.

"그녀를 사랑하지 않습니까?"

"그, 그건 아니고……."

"망설이시는 이유가 무엇인지 알 수가 없습니다."

"그, 그냥. 그렇잖아. 백작이 날 어떻게 생각하는지도 모르겠고, 내가 백작에게 잘해줄 수 있을지도 그렇고. 별로 고생시키고 싶지는 않은데, 지금 내 상황을 보면 고생을 앞으로 얼마나 해야 할지 모르겠고 말이지."

횡설수설 마구잡이로 말을 하는 베르누크였다. 그런 베르누크의 태도에 카림은 고개를 끄덕였다.

‘역시 자신의 머리는 자신이 깎을 수 없는 것인가? 천하의 국왕 폐하께서도? 하하하.’

카림은 웃었다. 그러했다. 천하에 둘도 없는 폴라리스 왕국의 국왕도 자신이 사랑하는 여인 앞에서는 그저 한 남자일 뿐이었다. 자신감보다는 자신의 약점을 더 생각하는 그런 남자 말이다.

“커흠. 어쨌든 지금 상황은 그런 것을 따질 때가 아니니 뒤로 미뤄두자고.”

“알겠습니다.”

“크음. 컴.”

괜시리 헛기침을 하는 베르누크였다.

이 자리가 어색했던지 말머리를 돌려 진중을 정리하면서 이리 뛰고 저리 뛰는 테레지아 백작이 있는 곳으로 향했다.

그리고는 진중을 정리하는 것에 대한 의견이나, 혹은 앞으로 있을 전투에 대하여 말을 주고받았다.

불과 이틀 후면 전투이건만 테레지아 백작과 그러한 말을 주고받는 베르누크의 표정은 어느 때보다 편안해 보였다.

그 모습에 카림은 나직이 혼잣말을 되뇌었다.

“허참. 이번 기회에 매듭을 지어야 하겠구만. 저렇게 좋아

하면서 정작 왜 당사자에게는 말을 못하는지. 테레지아 백작
도 그래. 싫어하는 눈치는 아니던데……. 허참! 알다가도 모
를 일이로세."

하지만 정작 그러한 말을 하는 카림 역시 홀몸이었다. 그러
한 그가 대체 무엇을 어떻게 해서 둘의 관계를 매듭짓겠다는
것인지 모를 일이었다.

그렇게 혀를 차던 카림의 시선은 다시 우슬란 성을 향했다.

우슬란 성을 바라보는 카림의 고뇌는 깊었다.

우슬란 성이 이번 전쟁의 첫 시작이 될 것이다. 북부에서
우슬란 성을 치면 바이큰 왕국의 시선이 이쪽으로 몰릴 것이
고, 그 순간 동부의 이스턴 왕국과 남부의 히르센 왕국이 바
이큰 왕국을 침공할 것이다.

그렇게 되면 바이큰 왕국은 병력을 나눌 수밖에 없다. 북부
를 침공한 병력이 그리 많지 않음을 알기에 던가드 지역의 병
력으로만 북부를 막으려 할 것이고, 그때를 같이하여 북부는
던가드 성벽을 점령하면 되었다.

다만 걱정이 되는 것은 과연 이 병력으로 던가드 성벽을 점
령할 수 있느냐는 것이겠으나, 입안된 작전대로 실행할 수 있
다면 던가드 성벽이 아니라 던가드 성벽의 할아버지라도 점
령할 수 있을 것이다.

어찌 되었든 베르누크와 카림은 모든 준비를 마치고 적이

보이지 않는 먼 곳에서 진영을 구축하였다. 적어도 이틀은 적에게 발각되지 말아야 한다.

하지만 그것도 쉽게 해결되었다.

바로 마법사단과 베르누크의 마법으로 대규모의 이미지 필드를 펼치면 되니까 말이다.

물론, 지금 떨어져 있는 거리까지 적들이 정찰을 해올 리 만무하였지만 만의 하나를 위해 항상 정찰 병력을 사방으로 깔아 적의 동태를 감시하였다.

그리고 마침내 이틀이 지난 후 레너드와 롬멜 백작이 해당 지역에 도착했다는 전갈을 전해들은 베르누크는 드디어 은신을 풀고 5만에 이르는 병력을 이동시켰다.

이동하는 기세가 자못 엄정하고 탄탄하여, 멀리서 보기에도 베르누크가 이끄는 병력이 정예 중 정예임을 한눈에 간파할 수 있었다.

그렇게 갑작스럽게 나타난 폴라리스 왕국의 병력에 우슬란 성은 멀리서도 느낄 수 있을 정도로 부산하게 움직였다.

우슬란 성에 주둔한 바이큰 왕국군도 정보를 전해 들었다. 하지만 그 정보에 비해 폴라리스 왕국군이 이틀 일찍 출정하였다. 그래서 그들은 이동 속도를 감안하여 서둘러 채비를 갖추고 있었다.

그러나 5일이나 먼저 도착한 병력은 애초에 보고된 20만에 훨씬 못 미치는 숫자였다.

그에 바이큰 왕국군은 폴라리스 왕국군의 병력이 적음에 안도하였다.

예상보다 훨씬 빠른 적습에 허를 찔린 우슬란 성의 바이큰 왕국군은 부랴부랴 방어를 위해 병력을 준비했다.

하지만 완벽한 방어 체계를 갖추기에는 시간은 턱없이 모자랐다. 베르누크는 그들이 준비를 갖출 시간을 주지 않았다.

"마법사단은 궁병과 함께 세 곳의 성문을 점하여 약 30분간 화력을 집중한다."

"명!"

이미 삼면을 포위한 상태.

우슬란 성의 다음으로 연결된 서문은 남겨둔 채로 동, 남, 북의 삼면을 포위하였으며, 가장 먼저 세 곳으로 1백 명씩 분산된 마법사단과 약 3천씩 분배된 궁병에게 첫 사격을 명하였다.

"제1열 사격 준비!"

"사격 준비!"

"발사!"

"발사!"

슈슈슈슈슉!

"제2열 사격 준비!"

"사격 준비!"

"발사!"

"발사!"

슈슈슈슈슉!

"제3열 사격 준비!"

"사격 준비!"

"발사!"

"발사!"

슈슈슈슈슉!

1천 발씩 거의 쉴 틈을 주지 않고, 교대로 화살이 발사되었다. 끊임없이 발사되는 화살비 속에서 적들은 공성 장비를 제대로 설치조차 하지 못하고 죽어 나갔으며, 피를 토하며 쓰러져 갔다.

하지만, 우슬란 성의 병사들에게는 그것만이 문제가 아니었다. 끊임없이 발사되는 화살보다 더 큰 문제는 바로 마법사들의 마법이었다.

"모든 힘의 근원이여, 빛을 발하며 타오르는 붉은 화염이여, 위대한 그대의 힘을 나를 통하여 현신시키라! 파이어 필드(Fire Field)!"

"자연의 분노함에서 태어난 떨어져 내리는 빛이여, 그 분노함을 나를 통하여 현신시키라! 체인 라이트닝(Chain

Lightening)!"

　"하늘과 대지를 가로지르는 힘이여, 잔잔하게 그리고 광폭하게 흘러, 나의 손에 모여 그대의 힘을 보여라! 윈드 커터(Wind Cutter)!"

　하늘을 시꺼멓게 수놓고 있는 화살비. 그리고 범위 마법을 중심으로 하는 저서클의 마법이 끊임없이 우슬란 성의 성벽과 성 내부를 공략하였다.

　"크아아아악!"

　"으아아악! 부, 불이! 뜨, 뜨거워!"

　"눈이, 눈이 안 보여! 눈이 안 보인단 말이다."

　"침착하라! 침착하란 말이다!"

　"응전하라! 무엇을 하고 있느냐! 적에게 화살을 쏘아라!"

　공성 장비는 하나도 없었다. 오로지 활과 마법으로만 이루어낸 전격적인 공격에 우슬란 성의 바이큰 왕국군은 정신을 차리지 못하고 비명을 지르며, 기름에 뛰어든 닭 모양으로 퍼덕거렸다.

　말에 올라 전황을 지켜보고 있던 베르누크는 자신의 뒤를 받치고 있는 기사들과 경기병들을 바라보았다.

　"준비가 되었는가?"

　"추웅!"

　"죽을 준비가 되었는가?"

"추웅!"

"하면, 나를 따르라. 나를 따라 우슬란 성벽을 뛰어오르자!"

"추우우웅!"

베르누크가 말을 달렸다. 그에 기사들과 경기병들이 말을 달렸다. 어떻게 성벽을 뛰어넘을지는 중요하지가 않았다. 자신들의 우상이자 자신들의 믿음이 가는 곳으로 따라가는 것이었다.

'노움! 진격의 대지를……!'

베르누크가 생각으로서 정령에게 의지를 전했다.

그의 명령에 따라 대지가 요동치기 시작했다.

드드드드드! 쿠구구구궁!

사선으로 이어지는 진격의 대지. 사선의 끝은 바로 우슬란 성의 성벽이었다.

좌우로 10미터의 높이로 서서히 솟아오르고 있는 대지.

"허어억! 저, 저, 저……!"

"따, 땅이 일어서, 선다……!"

"이, 이럴 수가……!"

비록 화살과 마법이 정신없이 쏟아지고 있지만 그래도 성이라는 든든한 버팀목이 있었다. 그러한데, 이제는 성이라는 것이 필요 없었다.

땅이 솟아오르고 있었다.

완만하게 솟아오르며 그 끝이 성벽에 다다를 즈음, 베르누크가 이끄는 기사들과 경기병들은 정령이 만들어준 진격의 대지를 따라 성으로 말을 몰았다.

그러한 모습에 본대에 남아 있던 카림은 더 이상 커질 수 없을 정도로 커다래진 눈으로 베르누크가 부린 마법을 바라보았다.

"저거… 저건 마법이 아니지 않소?"

곁에 있던 통신 마법사에게 물었다. 통신 마법사 역시 입을 벌린 채로 고개를 끄덕였다.

마법이 아니었다. 플로팅이라는 마법이 있을지 몰라도 이렇게 없던 오르막을 만들어내는 마법은 없었다.

있다면, 마법보다 더 오래 전에 사라진 정령 마법뿐이었다.

"그랬구나. 그랬어. 폐하께옵서는 비장의 무기가 하나 더 있었구나. 허허허!"

그렇게 그가 혼자 되뇌고 있을 때 테레지아 백작이 나직이 물었다.

"병사를 들이쳐야 하지 않겠습니까?"

"음? 아! 당연히 그래야지요. 같이 가십시다."

그가 목청껏 소리쳤다.

"전구우운! 진겨억!"

"진격! 진격하라!"

병력이 움직였다. 세 곳으로 흩어진 것은 눈속임이었던지 테레지아 백작의 외침에 4만에 이르는 병력이 빠르게 내달렸다.

그들은 걱정하지 않았다. 무적의 기사들이 이미 앞질러 갔으니 말이다.

하지만 그렇다 하더라도 진격하는 병사들은 승리를 맛보고 싶어 했다. 이기는 자만이 이기는 법을 아는 것이다.

피에 절겠으나 그것이 자신의 가족을 지키는 피라면, 그리고 승리라면 충분히 피에 절어도 좋을 것이다.

"나 폴라리스 왕국의 국왕 베르누크 아이젠이 여기 있다. 나설 자 있는가!"

베르누크는 득달같이 내달아 성벽에 오름과 동시에 커다랗게 외쳤다. 사방이 비명 소리로 어지러운 가운데 베르누크의 외침은 성벽 구석구석까지 전달되고 있었다.

"허억! 나, 나이트 킹!"

"악마왕 베르누크 아이젠!"

"기사 중의 기사라니!"

우슬란 성을 지키는 기사들과 전사들의 시선이 장대한 체구를 자랑하는 베르누크에게로 향했다. 마치 천신인양 거대한 말을 타고 할버드를 휘두르는 베르누크의 모습에 그들은 기가 질려 버렸다.

"이익! 이노옴! 멈추어라!"

한 명의 기사가 득달같이 달려들어 베르누크의 할버드를 막으려 하였다.

카아아앙!

"크아아악!"

단 일합에 무기와 함께 사선으로 잘려 나가 버리는 기사의 모습에 병사들이 주춤거렸다. 그에 기사들과 전사들이 혼합되어 베르누크를 향해 득달같이 달려들었다.

"와하하하하! 좋구나! 모름지기 기사라면, 초원을 내달리던 전사라면 이리 나와야지."

베르누크의 호전적인 목소리에 기사들과 전사들은 더욱더 득달같이 베르누크를 향해 쏘아져 들어왔다. 그에 베르누크는 말을 버리고 하늘로 치솟아 올라 굳건한 두 다리로 대지를 밟았다.

마상의 유리한 점을 버리고 스스로 말에서 뛰어내리자, 기사들과 전사들은 자신들을 무시하는 듯한 베르누크의 행동에 오히려 크게 화를 내어 거친 육두문자를 내뱉으며 달려들었다.

"죽엇!"

"이런 개쌍!"

베르누크는 얼굴로 향해 찔러 들어오는 검을 빙글 돌아 회피하고 무겁게 짓쳐 들어오는 대검을 할버드의 창대로 흘렸다. 아래를 쓸어오는 기괴한 무기를 발을 들어 밟아 단단한 암석에 박아버렸다.

'실프! 바람의 칼날!'

베르누크의 할버드에 투명한 무엇인가가 덧씌워지는 듯했다. 그리고 할버드에서 불어나오는 날카로운 바람 소리. 그 바람소리는 아주 미약하였다. 하지만 기사들과 전사들은 그 미약함에 정신없이 뒷걸음질 쳐야만 했다.

후우우우~

파바바밧!

"허어억!"

"이, 이게 무슨!"

피가 튀었다. 베르누크의 할버드에 투명한 막이 생겨나더니 거리를 상관하지 않고 풀 플레이트 메일이 날카롭게 갈라졌다. 질기디 질긴 몬스터 가죽이 미세한 소리를 내며 찢어졌다.

그 속에 가려졌던 피부가 쩌억 갈라지며, 피가 밖으로 숫구쳤다. 한두 명의 기사와 전사가 아니라 베르누크를 향해 돌진했던 모든 기사와 전사에게 같은 현상이 일어나고 있었다.

마나를 이용해 몸을 보호하고, 자신의 무기를 사방으로 휘두르면서 베르누크를 중심으로 일어나는 날카로운 기세에 대항해 보려 했다. 하지만 눈에 보이지도, 감각에 잡히지도 않는 바람의 칼날은 한 치의 오차도 없이 기사들과 전사들의 목숨을 취했다.

카라라라랑!

"이노오오옴! 감히 어디서 사술을 부리려 하느냐!"

그때 한 명의 전사가 커다란 만월도를 휘두르며 베르누크가 시전하고 있는 바람의 칼날에 대항하고 나왔다. 그자는 대검보다 무거워 보이는 만월도를 마치 채찍처럼 가볍게 사방으로 휘두르며 베르누크를 향해 쇄도해 들어왔다.

"우와아아악!"

카아앙!

커다란 고함을 지르며, 대지에 진각을 밟으며, 모든 힘을 한 점으로 모아 베르누크의 할버드에 대항하는 전사를 베르누크가 날카로운 시선으로 바라보았다.

"누군가?"

"알 필요 있더냐?"

베르누크의 물음에 낮게 으르렁대는 전사. 그에 베르누크가 심드렁하게 말했다.

"나는 이미 나의 이름을 밝혔다. 설마 초원의 전사들은 자신의 이름을 밝히지 않는 것이 전사로서 가지는 의무인가?"

"뭐라?"

"초원 전사들은 겁쟁이들이군. 이름을 밝힌 자가 무서워 자신의 이름조차 밝히지 않다니."

베르누크의 음성이 조롱으로 바뀌었다. 그에 초원의 전사는 얼굴이 붉으락푸르락해지며 커다랗게 고함쳤다.

"나는 블레타누스 크리커의 아들 클레마스 크리커다!"

블레타투스 크리커라는 말을 듣는 순간 베르누크는 고개를 끄덕였다. 그는 북부의 테레지아 남작을 구하기 위해 원정을 했을 때 자신의 손에 죽은 바이큰족의 북부 점령 사령관이었다.

"아비의 복수라……."

말끝을 흐리며, 베르누크는 커다란 만월도를 들고 눈이 벌게져서 자신을 쏘아보고 있는 전사를 바라보았다.

"아비의 복수를 하지 않는 아들이란 필요 없는 법. 오라!"

베르누크가 할버드의 창두를 대지에 두고 비스듬히 자세를 잡았다. 순식간에 베르누크의 기세가 달라졌다. 있는 듯 없는 듯 여겨지나 실제로 클레마스 크리커가 느끼는 압박감은 생각 이상이었다.

'이자! 강하다!'

그 기세는 바이큰족의 유일한 대전사라 칭해지는 타이타누스 카이탄과 비견될 정도였다. 아니, 어쩌면 그보다 더 강

할지도 모른다는 생각이 클레마스 크리커의 뇌리를 점령했
다.

그에 클레마스 크리커는 입술을 깨물었다. 만월도를 든 손
은 어느새 땀으로 흥건하게 젖어들고 있었다. 흥분했던 클레
마스 크리커의 눈동자가 차갑게 가라앉았다.

도저히 넘을 수 없는 벽을 앞에 두고 있다는 생각이 들자,
오히려 투기가 솟아오름을 느끼는 클레마스 크리커.

'내가 할 수 있는 방법이란……'

차갑게 가라앉았던 클레마스 크리커의 눈동자가 점점 붉
어지고 있었다. 가늘게 떨던 손아귀에 힘이 가해지고, 검게
탄 팔뚝에는 굵은 힘줄이 돋아나고 있었다. 그리고 클레마스
크리커의 입이 열렸다.

"강자에게 경의를……"

쇠를 긁는 듯한 클레마스 크리커의 목소리였다.

그에 베르누크의 눈이 가늘어졌다. 클레마스 크리커라는
자는 스스로를 버서커에 들게 하였다. 베르누크를 상대하기
버겁다고 느끼는 순간 자신의 목숨을 버린 것이었다.

마지막 말을 마친 클레마스 크리커의 눈동자가 완벽하게
붉게 변하는 그 순간, 이미 클레마스 크리커는 존재하지 않았
다. 스스로를 버렸으니 남은 것은 짐승의 그것밖에 없을 것이
었다.

“캬아아악! 죽! 는! 다!”

광폭한 기세를 흘리며 클레마스 크리커가 득달같이 쇄도
해 들었다. 그러함에 베르누크의 기세는 여전히 변하지 않았
다. 평온하다고 할 정도로 무표정하게 서 있는 베르누크였다.

“전사로서의 죽음을 원한다면.”

그 말과 함께 베르누크의 몸에서 폭발적인 기세가 터져 나
왔다. 그 기세에 주변 5미터가 갑자기 진공상태가 된 양 베르
누크의 주변에 있던 기사들이 주춤거리며 물러났다.

펄쩍 뛰어오른 클레마스 크리커의 거대한 만월도가 얇은
반달을 그리며 베르누크의 머리 위에서 찍어 내려왔다.

‘살라맨더! 불의 창!’

츄화아아앙!

베르누크의 할버드에 불길이 일었다. 한 손으로 할버드의
끝을 잡고 있던 베르누크가 크게 한 발을 앞으로 내디디며,
다른 한 손으로 할버드의 중단을 잡고 그대로 그어 올렸다.

공격도 아니고 그렇다고 방어도 아니었다. 하지만 짐승의
그것만 남은 클레마스 크리커에게 느껴지는 것은 자신을 둘
로 쪼갤 듯이 엄습해 오는 베르누크의 할버드였다.

하지만 클레마스 크리커는 웃었다. 자신을 갈기갈기 찢어
버릴 듯한 이 기세가 너무 좋았다. 찐득하게 달라붙는 이 살
기가 상쾌하기까지 했다.

"캬하하하핫!"

웃음과 함께 허공에 뜬 상태로 몸을 뒤집어 베르누크의 할버드를 피한 후, 베르누크의 후면에 착지함과 동시에 만월도를 아래에서 위로 그어 올렸다.

촤하아아악!

마치 배가 물을 가르는 듯한 소리가 들리며, 거칠고 붉은색의 오러 리저넌스가 베르누크를 향해 일직선으로 쇄도해 들었다. 하지만 전투 경험이라면 그 누구에게도 지지 않을 베르누크였다.

상대가 아무리 버서커에 들어 한 단계 더 상승한 전력을 보여준다 해도 그에 주눅 들거나 혹은 속아줄 베르누크가 아니었다.

베르누크는 이미 예상이라도 했다는 듯이 어느새 몸을 빙글 돌려 그 탄력으로 할버드를 좌에서 우로 휘둘렀다.

후와아아악! 까가가강!

수직으로 질러오는 만월도를 수평으로 잘라 버렸다. 그에 부리나케 뒤로 물러나는 클레마스 크리커를 따라 마치 끈으로 연결된 것처럼 베르누크가 다가갔다. 그 동작이 어찌나 자연스럽고 신속한지, 당사자인 클레마스 크리커마저도 어찌할 바를 몰라 대처를 하지 못했다.

"전사에게 안식을!"

푸훅!

클레마스 크리커의 눈이 커지고, 입이 딱 벌어졌다.

잠시, 아주 잠시 동안 그런 상태로 있던 클레마스 크리커의 고개가 조금씩 아래로 향했다. 그리고 그의 시선에는 할버드의 창두가 가슴 깊숙이 박힌 모습이 비춰졌다.

잘 다듬어지고 연마된 창두와 그 밑에 달린 도끼 모양의 날카로운 선에 검붉은 핏물이 서서히 흘러내리고 있었다.

믿기지 않는다는 듯이 그것을 그저 멍하니 바라보는 클레마스 크리커.

그의 고개가 서서히 들렸다. 그리고 베르누크를 바라보았다.

"그대는 전사였다."

베르누크의 묵직한 말에 클레마스 크리커의 입에 희미한 미소가 걸렸다. 복수를 위해 찾아왔지만, 상대가 너무 강하기에 복수를 잊어버리고 전사로서 죽기를 원했다.

그러한 자신의 생각을 읽었음인지 복수의 대상자는 자신을 전사로 대해줬고, 빈말일지라도 자신을 전사라고 칭해줬다. 그에 웃음이 그려지는 클레마스 크리커였다.

"그대는 생각보다 좋은 사람일지도……."

츄화아아악!

클레마스 크리커의 마지막 말이 끝났을 때 베르누크는 할버드의 창끝을 회수하였다. 마치 폭포수처럼 쏘아져 나오는 검붉은 피분수. 클레마스 크리커가 서서히 무너져 내렸다.

그러한 클레마스 크리커를 잠시 일별한 베르누크는 어느새 곁에 다가온 말에 올랐다. 그리고 커다랗게 외쳤다.

"우슬란 성의 성주는 어디 있는가? 나 베르누크 아이젠이 여기 있다!"

"우와아아아!"

베르누크가 말에 올라타고 커다랗게 외칠 즈음, 정령이 만든 대지를 통해 4만의 병력이 일거에 들이닥치기 시작했다. 이미 베르누크와 기사들에 의해서 대부분의 전사와 기사가 죽었기에 테레지아 백작과 함께 들이친 병력들은 한결 수월하게 전투를 치를 수 있었다.

"적들을 죽여라! 북부의 힘을 보여주자!"

"대가리 숫자만 많을 뿐. 별거 없다!"

"와아아아~ 죽여라!"

한번 타오른 기세는 쉽게 죽지 않는다. 또한 한번 죽은 기세는 다시 회복하기 어렵다. 지금 폴라리스 왕국의 병사들은 그 쉽게 죽지 않는 기세를 타고 있었고, 베르누크와 그를 따르는 기사들의 절대적인 무력에 바이큰 왕국의 병사들은 지리멸절해서 무너지고, 도망치기 시작했다.

어떤 자는 폴라리스 왕국의 병사들이 다가오자 무기를 던져 버리고 손을 번쩍 드는가 하면, 어떤 이는 무기나 방어구를 모두 버리고 내성으로 냅다 도망갔다.

"물러서지 마라! 싸워! 싸우란 말이다!"

적장들은 외쳤다. 목이 쉬어라 외쳤고, 피를 토하면서도 외쳤다. 하지만 이미 한 번 기울 어버린 전세는 쉽게 극복하기 어려웠다.

"싸워! 싸우란 말이다!"

수중에 든 검으로, 얼굴에는 핏물이 가득하며, 피곤하고 암담하여 입술마저 부르튼 자가 연신 애원하듯 싸움을 독려하였다. 하지만 그의 독려를 듣고 있는 이는 아무도 없었다.

"왜! 왜 안 싸우는 것이냐! 싸워! 싸우란 말이다!"

아무도 없는 허공을 향해 검을 휘두르며 발악하듯이 외쳐 대는 자. 그자는 분명 과거 히르센 제국 시절 서부에 영지를 가지고 있던 귀족임에 틀림없었다.

뚜걱! 뚜걱! 뚜걱!

사위는 조용해지고, 말발굽 소리가 들려왔다.

"쿨럭! 쿨럭!"

너무 외쳤던지 아니면 사레가 들렸든지 귀족은 발작하듯이 기침을 해댔다. 검을 땅에 박고 겨우 견디던 귀족의 귀에 말발굽 소리가 들려오자, 그가 고개를 쳐들었다.

“우슬란 성의 성주인가?”

“그렇소.”

그렇게 말을 하고는 땅에 박았던 검을 꺼내 들더니 일별한 후 앞으로 미련없이 던져 버렸다. 아무렇지도 않게 땅에 털퍼덕 주저앉아 버렸다. 모든 것을 포기한 듯한 얼굴이었다.

“항복하겠는가?”

여전히 말 위에서 말을 하는 베르누크였다. 그에 베르누크를 있는 대로 인상을 쓰며 바라보던 귀족이 고개를 끄덕이며 답을 했다.

“항복… 하겠소. 대신 날 죽여줄 수 있소?”

“패배하였기에 죽고 싶은 건가?”

베르누크가 물었다. 귀족으로서 패했다고 죽여달라고는 하지 않는다.

몸값을 지불하면 살 수 있으니 말이다. 베르누크의 물음에 한참을 베르누크를 바라보던 귀족은 고개를 떨구며 말했다.

“바이큰 왕국의 왕도에 일족이 있어서 말이오.”

“그러한가?”

“그렇소.”

베르누크는 알 수 있었다. 패해서 죽는다면 일족은 무사하겠지만, 패해서 항복한다면 일족은 모두 죽을 것이라는 것을 말이다.

"그대와 같은 이들이 많은가?"

"훗! 많지는 않소. 오히려 변절자들이 더 많을 것이오."

"죽기 전에 짐에게 서부의 사정을 설명해 줄 수 있나?"

베르누크의 말에 살짝 눈이 떠지는 귀족이었다.

"설마… 기사 중의 기사이며, 북부의 제왕이라는?"

"그대의 생각이 맞을 것이다."

그에 억지로라도 몸을 일으키려 애를 쓰는 귀족이었다.

베르누크가 턱짓을 하자 경계를 하던 기사 중 두 명이 귀족을 부축해 일으켜 세웠다.

"설마 일국의 국왕이 가장 선두에 설 줄은 몰랐사옵니다. 예가 늦음을 너그러이 용서해 주시옵소서."

비틀거리며 베르누크에게 일국의 국왕으로서의 예를 차리고자 하는 귀족이었다. 하지만 이미 몸에 한 줌의 힘도 남아 있지 않은지라 이내 다리가 풀려 털썩 주저앉아 버리고 말았다.

"소개를 부탁해도 되겠나?"

"히르센 제국 시절, 서부의 우슬란 성을 방어하던 세바스찬 스탠 자작이옵니다."

귀족의 말에 고개를 주억거리던 베르누크는 이내 입을 열었다.

"짐을 도와줄 수 있겠소?"

베르누크의 물음에 스탠 자작은 잠시 머뭇거렸다. 도와달라는 것은 폴라리스 왕국군에게 항복하라는 말이다. 그렇게 되면 자신의 가족은 모두 죽게 될 것임이 틀림없었기 때문이었다.

그때 스탠 자작의 뇌리에 베르누크의 음성이 들려왔다. 그는 눈을 크게 뜨고 놀라고 말았다.

[자작은 여기에서 죽을 것이오. 하나 다시 살아날 것이오.]

믿을 수 없는 일이었으나 이내 마음의 결정을 내렸다. 그리고 아주 나직하게, 마치 귀엣말로 속삭이듯이 말했다.

"바이큰족을 이 땅에서 몰아내는 일이라면 기꺼이."

베르누크는 조용히 고개를 끄덕였다.

다음 순간, 스탠 자작의 뇌리에 강렬한 음성이 전해졌다.

그 음성이 울리는 순간 스탠 자작의 눈이 정신없이 떨리기 시작했다. 음성이 끊기자, 이번에는 가슴에서부터 격통이 치솟아 올랐다.

"끄허어억!"

베르누크가 그의 가슴에 마상장검을 거칠게 쑤셔 박았다. 힘이 실린 공격에 스탠 자작의 몸이 뒤로 밀려 쓰러졌다.

미동조차 하지 않는 스탠 자작을 잠시 일별하던 베르누크가 입을 열었다.

"치우도록!"

"명!"

베르누크의 곁을 지키고 있던 마법사들이 득달같이 달려들어 스탠 자작의 시체를 처리하였다. 그것은 전장의 어디에서나 볼 수 있는 적장의 예우와 같은 것. 그것을 바라보는 몇몇의 바이큰 왕국 소속 전사들은 하등의 의심조차 하지 않았다.

그렇게 우슬란 성을 지키던 세바스찬 스탠 자작은 죽음을 맞이하였다. 일족의 목숨 때문에 바이큰 왕국에 속해 있지만 어찌 되었든 그는 귀족으로서 죽음을 맞이한 것이었다.

기실 세바스찬 스탠 자작은 제국의 귀족이었으나, 북부에 대하여 그리 나쁜 인상을 가지지 않은 자였다.

아니, 오히려 북부 사람들과 더 친하다 할 수 있었다. 우슬란 성 자체가 북부에 가깝기 때문이었다. 또한, 제국의 귀족들은 그를 배척했으나 북부의 사람들은 그를 살갑게 대했으니 말이다.

때문에 나이트 킹이라 불리며 북부의 별이라 칭해지는 베르누크에 대해서 기사로서 혹은 귀족으로서 막연한 호감을 가지고 있었다.

하지만 이제는 다르다. 죽음 앞에서 다시 기회가 찾아온 것이었다. 북부의 별이자 기사들의 왕과 함께할 수 있는 기회 말이다.

　가슴에 검이 꽂힌 채로 마법사들에 의해 실려 사라지는 스탠 자작의 얼굴에는 보일 듯 말 듯 작은 미소가 떠올라 있었다.

CHAPTER
03
알 카 트 성 전 투

Knight King

　베르누크는 스탠 자작으로부터 많은 정보를 알아낼 수 있
었다. 물론 그가 권력의 중심에 있지는 않았지만, 정보를 취
합하여 몇 다리 건너야 했던 모든 것을 바로 눈앞에서 생생하
게 들을 수 있었다.

　외부적으로 안정적으로 왕국이 성립하고, 완연하게 그 기
틀을 잡아가고 있는 것 같았던 바이큰 왕국은 그 내실은 상당
히 많은 문제점을 내포하고 있었다.

　그 첫째로 가장 큰 문제점인 융화되지 않은 구 세력과 바이
큰 세력이었다.

아예 바이큰족처럼 이름마저 바꾼 변절자도 있었지만, 오롯하게 그들에게 저항하는 자도 있었고, 일족이 볼모로 잡혀 있어 겉으로는 숙이고 있지만 내면에는 불같은 적개심을 가진 이들도 적지 않았다.

그렇게 된 가장 큰 연유는 기본적으로 바이큰족은 융화를 택한 것이 아니라, 군림과 지배로서 그들을 대했기 때문이다.

바이큰족이 가장 높은 서열이었고, 변절자들이 그다음의 자리를 차지하고 있었으며, 겉으로 숙일지라도 머리를 숙이는 자가 세 번째였다.

오롯하게 저항하는 자는 지금도 색출 중이었다. 그들의 가족은 노예가 되었고, 일족이 처참하게 죽어 나갔다. 이때를 타 신흥 귀족들이 나타나기 시작했는데 그들은 과거 히르센 제국에 충성을 다하던 기사들과 제국민을 상대로 암암리에 돈을 벌어들이던 노예상인과 암전상인들이었다.

그들이 득세하고, 기존의 제국민과 권력을 가진 이들의 권력을 빼앗아 찍어 누르니, 겉으로는 평화로웠으나 그 내부를 드려다 보면 언제 폭발할지 모를 활화산과 같은 상태인 것이었다.

"그야말로 모래 위에 궁전인 셈이로군."

"터를 다지기에는 그 시기가 너무 짧았습니다."

카림의 말에 베르누크가 고개를 끄덕였다.

"마치 평생을 남의 집에서 소작질하던 이가 어느 순간 부자가 되어 그 많은 부를 어찌 사용할지 몰라 하는 그런 형국이라고나 할까?"

베르누크의 말에 이번에는 카림이 고개를 끄덕였다. 카림 역시 스탠 자작의 말을 들으며 생각했던 점이었다.

"어쩌면 지금의 바이큰 왕국을 이끌고 있는 이들이 주류가 아닌 비주류일지도 모를 일입니다."

"비주류라……."

카림의 말에 자신도 모르게 고개를 끄덕인 베르누크였다. 조금 비약하기는 했지만 그러한 경우도 결코 배제할 수는 없는 것이 지금의 바이큰 왕국이라는 생각이 들어서였다.

"그건 그렇고, 알카트 성 전투가 지지부진하다고?"

"아무래도 대단한 지장이 알카트 성을 지키고 있나 봅니다."

"히르센의 귀족인가?"

"파악한 바로는 초원의 전사라 합니다."

탁. 탁.

카림의 말에 탁자에 손을 올리고 검지를 들어 탁자를 두드리는 베르누크였다. 한참을 그렇게 있다 고개를 끄덕이며 팔짱을 낀 베르누크의 입이 열렸다.

"예상외이기는 하지만 쉽기만 했다면 전투가 아닐 것이고,

서부를 집어삼킨 바이큰족이 아니겠지. 레너드에게도 연락해서 바로 알카트 성으로 움직이라고 전해.”

“국왕 폐하의 뜻대로 이루어질 것입니다.”

*　　*　　*

“참으로 면목이 없사옵니다.”

롬멜 백작은 침통하게 말을 하고 있었다. 7만 5천의 병력으로 출발했던 롬멜 백작이었다. 한데, 지금 남은 인원은 겨우 6만 정도였다. 무려 1만 5천의 병력이 줄어 있었다.

“면목 없기는. 알카트 성을 지키는 병력이 8만임을 알고도, 비슷한 병력으로 그들을 공략하라 한 짐이 잘못이지.”

“………”

베르누크의 말에 고개를 떨구고 별다른 변명을 하지 않는 롬멜 백작이었다. 지금껏 패배를 모르고 달려왔던 용장이자 지장인 롬멜 백작이었기에 더욱더 그 충격을 클 수밖에 없었다.

한데 아무리 동수의 병력이라 해도 자신보다 훨씬 적은 5만의 병력으로 우슬란 성을 함락시키고, 알카트 성보다 많은 10만의 병력이 지키고 있던 시튼 성을 함락시킨 레너드가 있기에 더욱더 얼굴을 들지 못하는 롬멜 백작이었다.

"너무 자책하지 마시게. 내 알아보니 알카트 성의 성주는 테오도시우스 카이건이라는 자로 바이큰 왕국에서도 손꼽히는, 백전노장의 최고전사라고 하오."

서두를 꺼내면서 카림은 자신의 앞에 놓인 차를 마셨다. 이것은 비단 롬멜 백작에게만 해당하는 말이 아니기 때문이었다. 여기 모인 모든 이가 들어야만 하는 정보였다.

"그자는 원리원칙을 따지는 자로, 바이큰 왕국 전사들이 상당히 따르지만 기존의 전사들에게는 배척받는 자라고 하오. 어찌 보면 좌천당한 셈이지요. 그러한 자이니 1만의 병력으로 10만을 막아낼 수 있다는 알카트 성이라면, 국왕 폐하께옵서 직접 나서신다 하여도 쉽지 않을 것임은 분명하오."

고개를 숙인 롬멜 백작을 제외하고, 베르누크를 포함한 모든 이가 고개를 끄덕였다. 원리원칙을 따지는 자라면, 기습조차도 쉽지 않을 것이라는 것을 여기 모인 모든 이가 알고 있기 때문이었다.

"하면, 방법은?"

"그를 밖으로 끌어내는 수밖에 없사옵니다."

"밖으로라……. 쉽지 않을 터인데?"

원리원칙을 고수하고 많은 전사가 따르는 자이다. 쉽게 경동시킬 수 없음은 당연한 이치. 하니, 베르누크의 물음은 당연한 수순일 것이다.

"그렇기는 하지만 방법이 아주 없는 것은 아니옵니다."

"하면?"

"정면이 힘들면, 뒤를 흔들면 되지 않을까 하옵니다."

"그렇군."

뒤를 흔든다는 말에 다들 고개를 주억거렸다. 하지만 방법을 묻는 이는 없었다. 단순이 '뒤를 흔들면 된다' 라는 말에서 끝을 맺을 카림이 아니었기 때문이었다.

"알카트 성이 큰 성이고 성주 역시 대단한 사람이라 하나, 던가드 성벽보다는 작고 던가드 지역을 관할하는 자보다는 직급이 낮사옵니다. 테오도시우스 카이건이라는 자가 대단한 자라 하나, 던가드가 위험에 처했는데 그대로 있지는 않을 것이옵니다."

"좋군."

그에 모두의 얼굴이 밝아졌다. 확실히 알카트 성은 던가드를 지키는 보조의 역할을 하는 성이다. 본성인 던가드가 위험하면 구원해야 함이 당연한 일이다.

"거기에 하나 더 첨가하자면, 그를 배척한 자들을 이용하면 되옵니다. 원리원칙을 지키며, 자신의 자리를 고수하고, 예하 전사들로부터 존경을 받는 자가 이런 변방으로 왔다는 것은 그만큼 바이큰 왕국에도 알력의 틈이 있다는 것을 증명하는 바이옵니다."

"아!"

카림의 마지막 말에 다들 경탄성을 질렀다. 지금까지 보지 못했던 것을 카림이 알려주는 것이었다. 단번에 황도를 점령하고, 불과 몇 달 사이에 서부를 몰락시켜 버린 바이큰만 생각하고 있었다.

하지만, 카림은 그것만 생각하는 것이 아닌 그들의 틈을 생각하고, 찾아내고 있었다. 바로 스탠 자작의 정보를 토대로 말이다. 이러한 면에서 스탠 자작의 합류는 베르누크가 이끄는 북부군에게 크나큰 축복이라 할 수 있었다.

"그 틈을 어찌 파고들 생각이지?"

"상단을 이용하는 것이옵니다. 골드 리치 상단을 이용한다면 수월해질 것이옵니다. 이미 바이큰 왕국 역시 비누라는 상품에 매료된 상태. 지난 6년간 골드 리치 상단은 바이큰 왕국에서도 상당한 지위를 확보한 상태이옵니다. 그들을 이용해서 바이큰 왕국의 인사를 매수하거나 혹은 입김이 작용하도록 하면 될 것이옵니다."

기존 아이젠 상단의 체계를 그대로 이어받은 덕분에 골드 리치 상단이 바이큰 왕국에서 기반을 다지는 데는 그리 오랜 시간이 필요하지 않았다.

"그대로 행하지. 하면, 필요한 시간은?"

"작전을 실행하는 데는 그리 오랜 시간이 필요치 않을 것이옵니다. 이미 만반의 준비를 완료했으니 말이옵니다.”

“하면, 내일 롬멜 백작은 지속적으로 알카트 성을 견제하
도록 하시오. 그저 우리가 던가드로 가는 것을 방해하지 못할
정도로만 하시오. 더 이상의 병력의 손실은 불필요하니 말이
오.”

“명을 따르옵니다.”

굳은 의지로 베르누크의 지시를 받드는 롬멜 백작이었다.
롬멜 백작은 어리석은 자가 아니었다. 그 또한 베르누크가 어
떠한 의도로 그러한 말을 하는지 이미 정확하게 짚어내고 있
었다.

“그리고, 나머지 잔여 병력은 던가드로 향한다. 아주 천천
히 말이지.”

“국왕 폐하의 뜻대로 이루어질 것이옵니다.”

기사와 귀족들, 그리고 마법사들이 외쳤다. 그에 베르누크
는 고개를 끄덕이고 회의 막사를 벗어났다. 그 뒤를 따르는
카림. 모든 인원이 각자 자신이 필요한 자리를 찾아 막사를
벗어났다.

다음 날.

베르누크는 롬멜 백작이 거느린 6만의 병력을 남겨두고 알
카트 성을 우회하여 던가드 성벽으로 향했다. 알카트 성의 테
오도시우스 카이건은 그것을 보고도 어떠한 행동도 취할 수

없었다.

그때를 같이하여 롬멜 백작이 거느린 병력에서 원거리 공격이 시작되었기 때문이었다. 성을 점령하기 위한 것도 아니고, 단순히 견제 공격이라는 것을 알고 있음에도 불구하고 쉽게 나서지 못했다.

그것은 바로 롬멜 백작이 원거리 공격이 그만큼 위력적이었기 때문이었다. 3만에 이르는 궁기병이 남고, 5백에 이르는 마법사단이 남았다. 그들이 한꺼번에 쏟아내는 원거리 공격은 우회하는 적을 빤히 보면서도 뒤를 잡지 못할 정도로 대단한 것이었다.

"피로도 풀 겸 천천히 가도록 하지."

"그렇다 해도 후방 경계와 전방의 정찰 부대를 철저하게 운용해야 합니다."

"그것은 그리 크게 걱정하지 않아도 되는데……."

"혹시 그……?"

"생각이 맞을 것이네."

베르누크의 인정에 놀란 듯 눈을 크게 뜨는 카림이었다. 그 표정이 매우 재미있다는 듯이 베르누크가 카림을 바라보았다.

"어떻게 인간이… 호, 혹시 드래곤?"

"말 같은 소리를 하게."

　카림의 말을 가볍게 일축해 버리는 베르누크였다. 하지만 여전히 의문이 풀리지 않는 눈으로 베르누크를 바라보는 카림이었다.

　"어찌 인간으로서 검과 마법, 그리고 정령까지 다룰 수 있다는 말입니까? 제가 알기로는 그 누구도 그런 위업을 달성하지는 못했습니다."

　"흠. 카림도 틀릴 때가 있구만. 있어. 한 명."

　"누굽니까?"

　"검황, 소드 엠페러라 불리는 아놀드 험프리 대제."

　"그는……."

　아놀드 험프리라는 이름이 나오자, 그에 대해 어느 정도 알고 있던 카림이 입을 떼었다. 하지만 카림의 말은 더 이상 이어질 수 없었다.

　"그의 회고록이나 혹은 정사로 알려진 그는 마검사라고 알려져 있지. 하지만, 그는 정령도 다룰 수 있었어. 굳이 필요성이 없어 드러내지 않았을 뿐. 그는 마법과 검만으로도 당대, 아니, 후대에까지 최고의 존재였으니 말이지."

　"그것을 어떻게……"

　"그것을 지금 말하기에는 듣는 귀도 많고 하니 나중에 따로 시간을 가지도록 하는 것이 좋겠어."

　베르누크는 카림의 궁금증을 억눌렀다. 그는 현자의 탑의 당대의 수장이다. 그러한 그가 모르는 일은 거의 없을 것이다. 과거의 역사도 물론 마찬가지다. 그러한데 그조차 모르는 사실을 베르누크가 알고 있으니 당연히 궁금할 수밖에 없었다.

하지만 베르누크는 더 이상의 말을 하지 않고 다음 기회로 미뤘다. 그에 카림 역시 침음을 삼키며 고개를 끄덕였다. 만약 베르누크의 말이 사실이고, 따로 시간을 내자고 한 것을 보면, 그 안에는 중대한 사실이 있음을 알 수 있었기 때문이었다.

"그리고, 레너드와 제이에게 경기병 3천과 보병 1만을 대동해 산의 좌우로 매복하라고 전해. 그들을 따르는 군사에게 작전 설명을 충분히 해주고 말이지."

"국왕 폐하의 뜻대로."

*   *   *

"이게 무슨……."

와락!

알카트 성의 성주로 있는 테오도시우스 카이건은 인편으로 전해진 명령서를 읽고, 얼굴을 일그러뜨리며 명령서를 와락 움켜쥐었다.

“끄응!”

털썩!

그리고는 손을 이마에 대고는 의자에 털썩 주저앉았다. 몸을 의자에 푹 묻어 고민스러운 표정을 했다.

그에 그의 곁을 지키고 있던 군사인 일리아스 세이론이 구겨진 명령서를 읽었다.

그 역시 곧 신중한 얼굴이 되었고, 다 읽은 명령서를 성주의 부관인 크로노스 크레탄에게 넘겼다.

멀뚱히 서 있다 군사가 건네주는 명령서를 천천히 다 읽어내린 크로노스 크레탄은 도대체 무엇이 이리도 분위기를 무겁게 하는 것인지 이해하지 못했다.

“명령서대로라면 던가드로 향하는 적 본대의 후미를 잡으라는 이야기인데, 나쁘지 않은 작전인 듯합니다. 한데, 어찌하여 이리도 무겁습니까?”

그는 천생 전사였다. 적이 오면 맞서 싸우고, 상부에서 명령을 내리면 그대로 행할 뿐이었다. 다만 그 충성스러움이 대단하여 테오도시우스 카이건의 부관 중 한 명으로 있을 뿐.

만약 카이건 성주가 아니었다면 부관인 크레탄 그저 백부장 정도가 딱 알맞을 정도의 전사일 뿐이었다. 그러한 모든 사정을 알고 있는 군사장은 담담하게 설명을 해주었다.

“성내에 10만이 있다 하지만 성 밖에는 적군이 6만이나 있소. 그들을 뚫고 나가는 것도 문제이거니와 과연 폴라리스 왕국군이 던가드로 진격하면서 배후에 아무것도 남기지 않고 갔을 리는 만무하기 때문이오.”

“그쯤은 이미 알고 있는 사실 아닙니까? 그것을 알고 있는 군사가 있으니 그에 적절하게 대응하여 적의 후미를 잡으면 되지 않겠소?”

군사의 설명에 부관인 크레탄의 입에서는 역시 단순한 대답이 흘러나왔다.

“문제는 그것을 알고 있음에도 섣불리 달려들 수 없는 것이 문제라는 것이오.”

“그것이 왜?”

“적의 본대에는 블러디 나이츠와 나이트 킹이 존재하기 때문이오.”

“……”

그제야 침중하게 얼굴을 굳히는 부관 크레탄이었다. 들어본 적 있다. 아니, 바이큰 왕국의 모든 전사는 그 이름을 알고 있었다.

북부의 별 나이트 킹.

그리고 그를 따르는 절대무적의 피의 기사들 블러디 나이츠.

“어찌했으면 좋겠는가?”

"명령이니 따르지 않을 수 없습니다."

군에 있어서 명령은 절대적이다. 또한, 알카트 성은 던가드 성벽을 지키는 수호 성이지 않은가? 당연히 도와야만 했다. 정당한 명령임에도 불구하고 그 결정이 쉽지 않았다.

"성 밖의 적이 6만이라 하나, 성문을 굳건히 지킨다면 3만으로도 충분히 막아낼 수 있습니다."

"하면, 7만의 병력으로 적의 후미를 잡자는 것인가?"

"명령서를 보면 시간이 촉박합니다. 5만이든 7만이든 빠르게 이동하여 적의 후미를 잡아야만 합니다. 이미 상부에서 세워진 작전이기에 저희로서는 어찌할 수 있는 방법이 없습니다."

카이건 알카트 성주는 생각에 잠겼다. 자신은 천생 전사이나 그렇다고 돌아가는 상황을 전혀 모르지는 않았다.

자신이 이곳에 있는 것은 분명 권력에서 밀려나 좌천당한 것이다.

그러한 판국에 정당한 작전마저 제대로 수행하지 않는다면, 자신에게만 국한 된 것이 아니라 자신을 믿고 따르는 모든 이에게 그 화가 미친다는 것을 알고 있었다.

"어쩔 수 없군. 3만을 남긴다. 후미를 잡을 7만 중 2만을 선봉으로 내세워 선봉장은 크로노스 크레탄으로 하며, 좌군과 우군을 각 1만으로 하여 산길을 타고 이동한다. 좌군장은 헬

레네스 클라이슨이, 우군장은 마키베우스 크림슨이 맡는다. 중군은 본 전사가 직접 운용하며, 선봉과의 거리는 반나절 거리를 유지한다. 질문 있나?"

마치 이미 작전은 완벽하게 서 있었다는 듯이 막힘없이 지시를 내리는 카이건 알카트 성주였다. 고민하고 망설이는 시간은 조금 있었으나, 결정 후에 행동함에 있어서는 무서우리만치 민활했다.

"또한, 지금 이 시간부로 알카트 성의 방어는 아리스토파네스 크리크에게 넘긴다. 각자의 부관과 군사는 재량에 의해 선출하도록 하며, 적의 후미를 잡을 군은 내일 새벽 4시에 선봉을 첫 시작으로 순차적으로 이동한다."

"추웅!"

알카트 성주가 결심했다. 그는 이번 전쟁을 이길 수 있을 것이라 확신했다. 물론 북부의 병력이 알카트 성을 우회하여 적을 뒤에 남기고 던가드 성벽으로 전격적으로 움직였으나, 전쟁에는 그리 큰 영향을 주지 않을 것이라 확신하였다.

아무리 북부의 별이라 하고 나이트 킹이라 불리며 블러디 나이츠를 수하로 두고 있지만 앞뒤로 들이치는 병력과 두 배 이상의 병력 차이는 쉽게 극복할 수 없을 것이 분명하기 때문이었다.

*　　　*　　　*

　"북부 놈들도 이상한 놈들이 많구만. 어찌 적이 있는 성을 뒤로 두고, 우회할 생각을 했는지 원."

　알카트 성에서 나온 좌군장 헬레네스 클라이슨은 지금 1만의 병력을 이끌고 산등성이를 타고 오르며 한심하다는 듯이 되뇌고 있었다. 그도 그럴 것이 점령하지 않은 성을 뒤로 두고, 우회한다는 전술은 들어보지도 못했던 전술이었기 때문이었다.

　그것은 그만큼 자신있거나, 아니면 지휘관이 멍청한 것이었다. 하지만, 들은 정보로는 적의 총 병력이 20만이었다. 알카트 성에서 여전히 성을 향해 화살과 마법을 날리고 있는 병력이 6만이니 고작해야 14만의 병력으로 그런 과감한 작전을 쓴다는 것을 이해할 수 없었다.

　"나이트 킹이라 불리는 자가 조금은 무모한 듯싶습니다. 힘만을 믿는 무식한 기사나 왕일지도 모를 일입니다."

　좌군장 클라이슨의 부관인 아킬레우스 크리톤이 빈정거리듯이 말을 받았다. 보통 적장을 가볍게 평가하지 않는 좌군장 클라이슨이지만 지금 이 순간 크리톤 부관의 말에 진정으로 공감하고 있었다.

　"하하하. 그런가? 나이트 킹도 별거 아닌 모양이로군."

　좌군장 클라이슨이 소리 높여 웃었다. 작전 중임에도 불구하고, 지금은 한껏 마음이 풀어져 있는 상태였다. 적을 낮게 보니 상대적으로 자신감이 치솟아 올랐다.

　또한 그런 멍청한 작전을 낸 적들이라면 이런 산중의 길에는 매복이라는 것 자체가 없을 가능성이 농후했다. 처음 길을 나설 때 긴장했던 마음이 조금은 누그러지는 좌군장 클라이슨이었다.

　그때였다.

　"와아아아~"

　갑자기 행렬의 중간쯤에게 커다란 함성이 일었다.

　"무, 무슨 일이더냐?"

　고개를 홱 돌리며 후미를 바라보는 좌군장 클라이슨의 귀에 아련하게 들리는 소리가 있었다.

　"저, 적이닷!"

　"크아아악!"

　"침착해라! 침착하란 말이다!"

　"방어 대형으로! 방어 대형으로!"

　눈이 크게 떠진 좌군장 클라이슨. 그의 입이 열리려는 찰나였다.

　"와하하하! 나는 폴라리스 왕국이 후작 불의 마왕 레너드 베인이라 한다. 나와 맞설 자 있는가?!"

후방으로 나아가려던 좌군장 클라이슨의 귓등을 때리는 음성.

좌군장 클라이슨이 말고삐를 잡아채 몸을 돌리려 했다.

그 순간.

슈각!

투욱!

순식간에 좌군장 클라이슨의 목이 떨어져 내렸다. 사방으로 피분수가 퍼져 나오고, 주인이 죽은 줄도 모르는 전마는 그 커다란 목소리에 놀라 정신없이 산으로 뛰어 올라갔다.

"전구운! 돌겨억!"

"돌겨억!"

"한 놈도 남기지 마라!"

"우와아아!"

무인지경이었다.

레너드의 3미터에 달하는 연검이 뱀의 몸처럼 움직일 때마다 여남은 명씩 죽어 나갔다. 행렬의 선두에 있던 이들은 이미 그의 호칭을 들은 터이라 감히 대적조차 할 수 없었다.

그도 그럴 것이 단 한 수에 전사 좌군장 클라이슨의 목을 날려 버린 그였다. 또한 그의 곁에 있던 부관조차도 죽었는지 명령조차 제대로 내려지지 않았기에 1만의 바이큰 병사는 제대로 된 대응조차 하지 못하고 이리 뛰고 저리 도망치며 목숨을 부지하려 하였다.

"살고 싶은 자. 무기를 버려라!"

한 시간여의 전투 끝에 외쳐진 레너드의 고함에 폴라리스 왕국의 병사들과 기사들은 바이큰 왕국의 병사들에게 항복을 권유하였다. 이미 절반 이상이 절단 난 상황. 살아날 수 있는 희망은 항복밖에 없었다.

"하, 항복!"

"항복! 항복하겠소!"

그들의 외침에 레너드는 연검을 휘둘러 피를 털어내고 이내 허리에 갈무리하였다. 그에 처음 바이큰 왕국의 병력의 허리를 잘랐던, 그의 부관 발레리 니콜라예프 백작이 상기된 표정으로 다가왔다.

"후작 각하! 대승입니다!"

"시간이 없소. 바로 3천의 병력을 고르부노프 자작에게 맡겨 전장을 수습토록 하고, 바로 이동하겠소."

"명을 받듭니다."

레너드와 니콜라예프 백작의 대화를 들었음인지 3천의 경기병과 일단의 병사는 이미 출진 준비를 완료하고 있었다.

레너드는 말을 몰아 외쳤다.

"출진하라! 적의 숨통을 끊는다!"

"추웅!"

그러한 현상은 제이가 이끄는 매복 부대에도 있었으며, 제
이 역시 군사를 수습하여 적의 허리를 끊기 위해 움직였다.

그 순간 베르누크가 있는 본대는 적의 선봉을 완파하고, 후
퇴하는 적 선봉을 쫓아 적의 본대와 맞닥뜨리고 있었다.

베르누크의 행보는 거침이 없었다. 가장 선두에 있었기에
가장 많은 피를 뒤집어 쓴 그였고, 가장 많은 표적이 된 그였
다. 이번에도 다르지 않았다. 다만, 지금 그의 곁에는 테레지
아 백작이 그림자처럼 따르고 있을 뿐이었다.

두 명의 전사가 베르누크를 향해 득달같이 달려들며 예의
만월도를 휘둘렀다. 하지만 그들은 베르누크의 상대가 아니
었다. 마치 들판에 세워진 허수아비를 상대하듯 일말의 표정
변화도 없이 할버드를 휘둘러 둘을 베어버렸다.

좌하에서 우상으로 베어진 베르누크의 할버드. 좌측의 인
물은 무기와 함께 통째로 허리가 잘려 나갔고, 우측의 전사는
목을 잡고 휘청거렸다.

"끄륵!"

우측의 전사가 목을 잡고 휘청이다 이내 몸을 대지 위에 뉘
였다.

베르누크는 죽은 그들을 보지도 확인하지도 않았다. 애병
인 할버드를 수습하고, 다시 할버드의 창두를 돌려세워 다음
목표를 향해 빛보다 빠르기 찔러 넣었다.

너무나 빠르고 잔인하며 자연스러운 일격.

피할 틈도 주지 않고, 베르누크의 창두는 상대의 가슴을 관통하여 빠져 나왔다.

그의 할버드가 완만하게 호선을 그리며 옆으로 움직였다.

단 한 점의 감정도, 인정도 느껴지지 않는 베르누크의 할버드였다.

베르누크의 할버드가 앞으로 나아가고, 호선을 그리며 휘어지고, 좌에서 우로, 아래에서 위로 그어질 때마다 바이큰 왕국의 전사들과 병사들은 짚단 쓰러지듯이 우수수 떨어져 내렸다.

무심한 표정으로 바이큰 왕국의 전사들과 병사들의 목을 베고 심장을 꿰뚫음에 그가 몰아가는 말 앞에는 이미 적을 찾아볼 수 없었다.

바이큰 왕국군의 얼굴에 공포가 떠오르고 있었다. 하지만 모두가 그러한 것은 아니었다. 어디선가 고함이 터지며, 커다란 만월도를 든 전사가 베르누크를 향해 득달같이 쇄도해 들어왔다.

"이노오옴!"

베르누크는 피하지 않았다. 대신 자신의 애병인 할버드를 마주쳐 갔다.

쩌어어엉!

마치 쇠와 쇠가 맞부딪혀 공명하는 듯한 소리가 들려왔다. 그에 만월도를 든 전사가 인상을 있는 대로 쓰며 주춤거리며 뒤로 물러났다.

베르누크는 인정사정없었다. 그 순간을 놓치지 않고, 중단을 잡고 있던 할버드를 앞으로 쭈욱 내밀었다.

마치 무엇에 이끌리듯 앞으로 쭈욱 뻗어 나가는 할버드.

그에 전사의 눈이 크게 떠지며, 급급하게 만월도를 휘둘러 베르누크의 할버드를 막아갔다.

까가가강!

한 번의 소리가 아닌 여러 번의 소리가 귓등을 때렸다. 그에 오만상을 찌푸리는 만월도를 든 전사. 그 부딪힘에 힘이 딸려서인지 할버드를 막아내던 만월도가 크게 튕겨져 하늘로 치솟아 올랐다.

만월도를 든 전사의 눈이 커졌다.

스걱!

어느새 베르누크의 할버드가 전사의 목을 훑고 지나가고 있었다. 가늘게 수평으로 그어진 혈선. 전사는 믿을 수 없다는 듯이 입을 벌리고 있었다. 하지만 베르누크의 할버드는 또 다른 먹이를 향해 움직이고 있었다.

그의 앞을 가로막는 이가 없어졌다. 마치 양떼 속에 풀려진 사자처럼 거침없고, 난폭하게 적을 헤집는 베르누크의 모습이었다.

"그를 조심해! 그가 바로 악마왕이다!"

누군가의 외침에 베르누크의 앞을 막아서려 했던 몇몇의 전사가 분분히 사방으로 흩어져 베르누크의 할버드를 회피했다. 맞부딪히지 않으려 한 것이었다.

그때 한 명의 전사가 베르누크를 향해 달려들었다. 강직한 모습. 베르누크와 비교해도 지지 않을 정도의 건장함을 지닌 자.

"참으로 놀라운 자로구나."

베르누크의 시선이 그자에게로 향했다. 이미 베르누크의 주변으로 몇 십 미터는 공터처럼 비어 있는 상황. 그러함에도 불구하고, 그곳에 발을 디딘 자였다.

"누군가?"

"다들 나를 테오도시우스 카이건이라 부르더군."

"왔군. 짐은 폴라리스 왕국의 국왕 베르누크 아이젠 폰 캘리노스 폴라리스라 하지."

베르누크가 자신을 소개하자 테오도시우스 카이건의 눈동자가 커졌다.

"국왕이었던가? 한데 왜……."

"내가 제일 강하니까. 내가 제일 세니까. 내가 나서서 날뛰면 날뛰는 만큼 피를 줄일 수 있으니까."

“……..”

베르누크의 말에 할 말을 잃은 듯 침묵하는 테오도시우스 카이건이었다. 처음과 달리 테오도시우스 카이건의 얼굴은 점점 굳어져 침중하기 일그러지기 시작했다.

“그대를 왜 기사 중의 기사, 나이트 킹이라 부르는지 알겠군.”

“쓸데없는 호칭이지. 그래봐야 사람 좀 잘 죽이는 것일 뿐. 소나 돼지를 잡는 백정과 다를 바 없지.”

“파하하하하!”

베르누크의 말에 커다랗게 앙천광소를 짓는 테오도시우스 카이건이었다.

“내 나이 들어 이만큼 크게 웃어본 적은 없음이오. 그대를 인정하리다. 북부의 별. 폴라리스의 국왕 나이트 킹 베르누크 아이젠이여. 나 초원의 아들 푸른 늑대 테오도시우스 카이건 이 청하니 둘만의 승부로 전장을 수습하는 것이 어떠하오?”

“인정하지.”

“파하하하하! 역시! 그대는 나이트 킹이오.”

그 말이 끝남과 동시에 카이건은 베르누크에게 신형을 날리며 커다란 만월도를 내려쳤다.

베르누크는 카이건을 적의 수장이기보다는 전사로 대할 생각이었다.

때문에 카이건의 수준과 똑같이 자신의 수준을 맞추었다.
마법도 쓰지 않을 것이고, 정령 또한 쓰지 않을 것이었다. 다
만, 최선을 다할 것이다. 그것이 전사에 대한 예우이니까.

다가오는 카이건의 만월도에 맞서 베르누크는 자신의 애
병인 할버드를 뺐었다.

콰아아앙!

찌르르르 울리는 손아귀. 카이건은 내심 한탄을 했다.

자신이 상대할 수 없는 자였다. 적으로 만났으나 적은 자신
을 전사로 예우해 주고 있음을 순간적으로 느낀 것이었다.

그에 카이건의 얼굴에 웃음이 피어올랐다. 이 살벌한 기분
이 좋았다. 상대는 자신보다 훨씬 윗줄의 기사이지만 자신을
예우함에 망설이지 않고 있으니 말이다.

생각을 마친 카이건은 만월도를 고쳐 잡고 베르누크를 향
해 쇄도해 들어갔다.

베르누크는 그러한 테오도시우스 카이건을 바라보며 할버
드를 들어 올렸다.

후우우웅!

일순간 베르누크의 할버드에서 무겁고 장중한 울음이 토
해져 나왔다. 바로 최상급에 이르는 오러 리저넌스가 펼쳐진
것이었다. 오러 블레이드에 비할 바는 아니었지만, 그 강맹한
기운은 같은 오러 리저넌스를 펼치고 있는 카이건조차 감당

할 수 없을 정도였다.

10미터의 간격이 순식간에 좁혀지며, 베르누크의 할버드와 카이건의 만월도가 교차하였다.

그 찰나의 순간 베르누크의 할버드에 펼쳐진 오러 리저넌스가 카이건이 지닌 만월도의 도신을 감쌌다.

그에 카이건은 오러 리저넌스가 펼쳐진 베르누크의 할버드를 떨쳐내려 하였다. 그 순간 베르누크의 할버드가 변했다. 아주 가볍게 움직인 베르누크의 할버드가 카이건의 만월도를 슬쩍 옆으로 밀어낸 것이었다.

그에 대경한 카이건이 만월도를 빠르게 회수한 다음 빙글 한 바퀴를 회전하더니 그 기세를 몰아 베르누크의 측면을 공격해 들어갔다.

카아앙!

쇠가 부딪히는 소리가 들렸다. 베르누크의 할버드와 부딪혀 팅겨져 나간 만월도를 수습하여 빠르게 뒤로 물러나는 카이건. 그것은 공격의 실패 후 드러난 파탄으로 인한 베르누크의 공격을 대비하기 위한 행동이었다.

그에 베르누크의 할버드가 움직였다.

우웅! 웅! 웅!

베르누크의 할버드가 울었다. 그리고 가늘게 떨려오는 베르누크의 할버드.

파하아앙!

할버드의 창두에서 한줄기 섬전 같은 오러 리저넌스가 카이건의 심장을 노리고 쏘아져 갔다.

"흐읍!"

쫘하아악!

급하게 몸을 틀어 섬전을 피했으나, 완전하게는 피하지 못한 모양이다. 몬스터의 가죽으로 만든 레더 메일이 쭈욱 갈라지며 피가 튀어올랐다. 그에 급히 뒤로 몸을 빼는 카이건.

하지만, 베르누크는 여기서 공격을 그만둘 생각이 없었다. 어차피 동수의 입장이라면, 지금 잡은 기회를 결코 놓쳐서는 안 되었다. 놓친다는 것은 전사로서의 자긍심을 오히려 깎아 내리는 행위였으니 말이다.

마치 실로 연결된 것처럼 자신을 향해 날아오는 베르누크의 할버드에 순간적으로 눈을 감아버린 카이건.

그는 이것이 자신의 생에 마지막임을 감지하였다.

눈을 감은 카이건의 목에 차갑게 대어진 이물질의 감각이 잡혔다. 그에 슬며시 눈을 뜬 그는 똑바르게 베르누크의 눈을 바라보았다.

"졌소."

"남길 말은?"

"마지막으로 마스터의 그것을 보여줄 수 있겠소?"

“물론.”

“영광이…….”

푸싯!

카이건의 말은 더 이상 없었다. 말을 끝내기도 전에 베르누크의 할버드에서 솟아오른 오러 블레이드가 그의 목을 뚫은 탓이었다.

서서히 쓰러져 가는 카이건의 몸체.

“서, 성주님!”

“저, 전사께서!”

카이건의 몸이 말에서 떨어져 대지 위에 떨어지자 베르누크와의 대전을 지켜보던 바이큰 왕국의 전사들과 병사들은 안타까운 목소리를 내었다.

“그는 전사로 죽었다. 이에 그의 목을 베지 않을 것이다. 항복하라! 항복하면 살 것이다!”

베르누크의 외침에 바이큰 왕국의 전사들과 병사들이 병장기를 버렸다. 그들을 대하는 폴라리스 왕국군 역시 그들을 막 대하지 않았다. 이미 그들은 전의를 상실한 포로이지 적군이 아니었기 때문이었다.

“그의 시신을 정중히 다루어주게.”

“국왕 폐하의 뜻대로 이루어질 것입니다.”

　　　　*　　　　*　　　　*

　베르누크가 완벽하게 승리를 거두는 시각.

　알카트 성에서는 대규모 접전이 벌어지고 있었다. 롬멜 백작이 6만의 병력으로 산발적으로 견제 공격만 하던 것을, 이제는 사방을 감싸고 견제 공격이 아닌 본격적인 공성전을 준비하고 있었다.

　"적의 서문에 베인 후작 각하께서 도착하셨다 합니다."

　"적의 북문에 브레이커 백작 각하께서 도착하셨다 합니다."

　"좋다. 전군에 이른다. 지금 이 시간부로 공성을 시작하라!"

　"명을 받듭니다."

　롬멜 백작의 명령에 기사와 마법사, 그리고 각기 병력을 이끄는 귀족들은 커다랗게 외치며 각자의 위치로 흩어졌다. 그리고 몇 분의 시간이 흐른 뒤 가장 먼저 시작한 것은 바로 궁기병의 화살 공격이었다.

　"제1열 사격 준비!"

　"사격 준비!"

　"발사!"

　"발사!"

슈슈슈슈슉!

"제2열 사격 준비!"

"사격 준비!"

"발사!"

"발사!"

슈슈슈슈슉!

"제3열 사격 준비!"

"사격 준비!"

"발사!"

"발사!"

슈슈슈슈슉!

끊임없이 반복되는 화살 공격. 그에 알카트 성을 지키고 있는 병사들은 성벽 위로 고개조차 내밀 수 없었다. 기존의 공격 양상과는 전혀 다른 모습에 바이큰 왕국의 병사들과 전사들은 숨을 죽이며 화살 공격이 끝나기를 기다렸다.

하지만 롬멜 백작은 이미 그들의 생각을 읽고 있다는 듯 쉴 틈조차 주지 않고 화살 공격을 쏟아부었다.

화살 공격과 함께 마법 공격으로도 성벽과 성문을 두드렸다.

"모든 힘의 근원이여, 빛을 발하며 타오르는 붉은 화염이여, 위대한 그대의 힘을 나를 통하여 현신시키라! 파이어 드릴(Fire Drill)!"

"모든 힘의 근원이여, 빛을 발하며 타오르는 붉은 화염이여, 위대한 그대의 힘을 나를 통하여 현신시키라! 파이어 밤(Fire Bomb)!"

"모든 힘의 근원이며, 생명을 잉태하는 힘이여, 위대한 그대의 힘을 현신시키라! 어스 웨이브(Earth Wave)!"

"자연의 분노함에서 태어난 떨어져 내리는 빛이여, 그 분노함을 나를 통하여 현신시키라! 체인 라이트닝(Chain Lightening)!"

"하늘과 대지를 가로지르는 힘이여, 잔잔하게 그리고 광폭하게 흘러, 나의 손에 모여 그대의 힘을 보여라! 윈드 커터(Wind Cutter)!"

쿠구구구궁! 쿠와아아아앙!

견고하게 축성된 성벽이 무너져 내리고, 단단하기 이를 데 없어 무엇으로도 부서지지 않을 것 같던 거대한 성문에 균열이 일어났다. 이에 화살 공격이 끝나기만 기다리런 바이큰 왕국의 전사와 병사들은 대경실색하여 우왕좌왕하기 시작했다.

"성문을 막아라! 화살을 쏴라!"

"숨지 마라! 화살을 쏘란 말이다!"

테오도시우스 카이건을 대신하여 임시로 알카트 성을 지

키게 된 아리스토파네스 크리크는 정신없이 외치기 시작했
다. 얼마나 외쳤던지 입이 쩍쩍 말라붙기 시작했고, 정신이
혼미하여 무엇을 어떻게 해야 할지 몰라 했다.

"성주님! 남문이 뚫렸습니다."

"북문! 북문이……!"

"서문이 적에게 점령당했습니다."

"어찌… 어찌 이럴 수가 있단 말인가……."

상대는 공성병기 하나 없이 성벽을 허물어뜨리고 성문을
부쉈다. 마법이라는 것은 실로 전율스러울 정도로 강하였고,
일반 활보다 배는 더 길어 보이는 사거리를 지닌 적들의 활은
공포 그 자체였다.

"와하하하! 내가 바로 형님 폐하의 동생 제이 브레이커다!"

"불의 마왕 레너드 베인이 여기 있다. 나와 맞설 자가 있는
가?"

망연하게 서 있는 크리크 대리성주의 귓등으로 저 멀리서
아련하게 들려오는 소리가 있었다. 불의 마왕과 투마왕이라
불리는, 나이트 킹의 수족과 같은 자들이었다.

그 순간 감당할 수 없는 두려움이 치밀어 올랐다. 이미 크
리크 대리성주의 주변에는 아무도 없었다. 이미 지휘 계통이
무너졌고, 사방으로 도망치는 병사들과 거침없이 쇄도해 오
는 폴라리스 왕국군에 맞서 산화하고 있는 전사만 보일 뿐이

었다.

"성주님! 정신 차리십시오. 성주님!"

"으응? 아!"

누군가가 자신을 격하게 흔들자 그제야 정신을 차린 크리크 대리성주. 하지만 그의 몸과 정신은 이미 무너지고 있어, 정신을 차리고도 어떠한 행동조차 할 수 없었다.

"제가 엄호하겠습니다. 어서 자리를 피하십시오."

"어디, 어디로 말인가?"

"예?"

"대체 어디로 피하란 말인가?"

"그야……."

그에 전사는 불현듯 사방을 둘러보았다. 서문과 북문과 남문은 온통 폴라리스 왕국군뿐이었다. 그 많던 기사와 전사, 병사는 어디를 갔는지 보이지 않았다.

전사의 눈길이 적이 들어오지 않은 동문을 바라보았다. 그곳에는 많은 이가 있었다. 기사들도 있었고, 병사들도 있었으며, 초원을 달리며, 두려움을 모르던 전사들도 있었다.

있기만 하지는 않았다. 그들은 도망치고 있었다. 적에게 등을 보이고 도망치고 있었고, 자신의 길을 가로막는 병사들을 밀치고 있었고, 어떤 자들은 더 빨리 가기 위해 아군을 베어버리는 자들까지 있었다.

적군은 한 명도 없건만 그들 스스로가 적이 되어 아비규환을 이루고 있었다. 그에 허탈한 목소리로 전사가 말을 했다.

"갈 곳이 없군요."

"그러하네. 갈 곳이 없네."

둘은 멀거니 서로를 바라보았다. 무슨 의미를 담아 보내는 시선이 아닌 그저 바라만 보았다. 전사가 말을 했다.

"어찌하시겠습니까?"

전사의 물음에 피식 웃어버리는 크리크 대리성주였다. 여기서 패한다면 아마 자신의 장래는 없을 것이다. 그나마 전사들에게 두터운 신임을 받는 테오도시우스 카이건님이기에 자신을 등용할 수 있었으니 말이다.

그에 만월도를 고쳐 잡는 크리크 대리성주. 그 모습을 본 전사는 희미하게 웃으며 덩달아 만월도를 고쳐 잡았다.

"바보로군."

"어찌 아셨습니까?"

피식!

서로를 보며 어색한 웃음을 지어 보이는 둘이었다. 그리고는 이내 웃음을 지우고 자신들을 향해 쇄도해 들어오는 폴라리스 왕국군을 보며 안색을 굳혔다.

"우와아아악!"

"으아아아~!"

둘은 만월도를 거칠게 휘두르며, 수없이 많은 폴라리스 왕
국군을 향해 거침없이 돌진해 들어갔다. 하지만, 지질대로 지
친 그들에게 죽어 나갈 폴라리스 왕국군은 없었다.

또한, 어느새 나타났는지 남문을 공략하던 롬멜 백작이 등
장해 있었다. 그의 마상쌍검은 거침없었다. 그들이 마지막을
장식하기 위해 한 목숨을 바치려 한다 하나, 롬멜 백작에게는
그들의 충절이나 목숨보다는 자신의 수하 병사들이 더 중하
였다.

투후후훙!

롬멜 백작의 마상쌍검에서 푸르디푸른 오러 리저넌스가
대기와 공명하며 빛살처럼 빠르게 둘의 목과 가슴을 훑고 지
나갔다.

투우욱! 털썩!

두 명의 죽음.

롬멜 백작은 그중 크리크 대리성주의 목을 베어 높이 쳐들
고 외쳤다.

"너희의 성주는 죽었다. 항복하라. 항복하면 살 것이다!"

롬멜 백작이 높이 쳐든 크리크 대리성주의 얼굴은 경악스
럽지도, 분노에 차지도 않은 얼굴이었다. 어찌 보면 지극히
평온해 보이고, 웃음기까지 머금고 있는 것처럼 보였다.

롬멜 백작의 음성은 전장의 구석구석까지 파고들었다. 이

에 동문으로 도망치려 하던 전사들과 기사들, 그리고 병사들
은 그 자리에서 무기를 버리고 털썩 주저앉아 버렸다.

힘이 다한 것이었다. 도망가려 악다구니를 써도 이미 늦은
탓이었다.

동문이 열려 있다 하지만, 이제 곧 저들이 동문까지 막아선
다면, 더 이상 희망이 없다. 그들이 포로를 죽였다는 말은 없
으니, 그저 손을 놓고 항복하는 것이 살 길을 모색할 가장 좋
은 방법이라 할 것이었다.

그들을 바라보던 롬멜 백작이 부관에게 외쳤다.

"수습하도록!"

"명!"

말을 돌려세우는 롬멜 백작의 입안에 텁텁한 느낌이 들었
다. 그때 물을 가득 채운 가죽 주머니가 불쑥 눈앞에 나타났
다. 엉겁결에 가죽 주머니를 받아든 롬멜 백작은 물을 건넨
자를 확인조차 하지 않고, 벌컥벌컥 마셨다.

"컥! 컥!"

물을 시원하게 마시던 롬멜 백작이 사레 걸린 듯 발작스럽
게 기침을 해댔다. 마침내 기침이 멈추자 물주머니를 들고,
자신에게 물주머니를 건넨 사람을 바라보았다.

"가끔은 쓴 술이 마음을 달래주기도 하지."

"아! 후작 각하!"

물주머니가 아닌 술 주머니를 건넨 자는 다름 아닌 레너드였다. 과거와는 사뭇 달라진 서로의 위치지만 레너드는 언제나 롬멜 백작을 과거의 레너드로서 대했다.

그에 한결 편안해진 표정을 짓는 롬멜 백작이었다. 빙긋 웃던 레너드는 시선을 하늘로 두고, 한숨을 턱 내쉬며 말을 이었다.

"국왕 폐하께서는 그보다 수백 배는 독한 술을 마실 것이네."

"……"

그 말에 롬멜 백작은 말이 없었다. 대신 술 주머니를 거꾸로 들어 술을 바닥에 흘렸다.

"그에 비하면 제가 마신 술은 너무 달군요."

CHAPTER
04
도브 평원

"해서 우슬란 성, 시튼 성, 알카트 성이 모조리 북부의 폴라리스 왕국에게 점령당했고, 알카트 성의 성주인 테오도시우스 카이건이 그의 손에 전사로서 죽었고?"

"그렇습니다."

던가드 성벽을 수비하고 있는 총사령관 드루실리우스 클레이튼과 그의 군사장인 루트리우스 세이칼이 심각한 표정으로 대화를 나누고 있었다. 둘의 표정만 심각한 것이 아닌 이 회의에 참석한 모든 이의 얼굴이 어두웠다.

던가드 성벽의 서측을 담당하고 있는 제1방면군장 헤시오

도스 칼슨과 군사 키케로스 세라클, 동측을 담당하고 있는 제
2방면군장 호라티우스 크루커와 군사 타나오스 세이폰.

그리고 그들을 수행하는 부관들 역시 부동자세로 서 있음
에도 불구하고, 총사령관과 군장들의 대화에 심각한 얼굴을
하고 있었다. 그만큼 폴라리스 왕국의 진공은 전격적이라 할
수 있었다.

"음. 의외로군. 폴라리스 왕국이 군이 그리도 강하다니."

"그들의 전력을 분석하지 못한 저의 실책입니다."

"그들의 전력?"

"그렇습니다."

"흐음."

탁자에 손을 올려놓고 검지로 탁자를 탁탁 치는 행동을 하
는 클레이튼 총사령관이었다. 그가 고민을 할 때 드러나는 무
의식적인 행동으로 그때는 그 누구도 입을 열지 않았다.

"분석된 전력을 말해보도록."

"우선 첫 번째로 폴라리스 왕국의 국왕이 직접 친정을 한
다는 것입니다. 그것도 일반적인 친정이 아닌 가장 선두에서
싸운다는 보고입니다. 거기에 마법을 사용한다는 정보까지
있습니다."

"마검사라는 말인가?"

"그렇습니다."

고개를 깊숙이 숙이며 총사령관의 말에 동의하는 세이칼 군사장이었다.

"하면, 우슬란 성을 공략할 당시 땅이 성벽까지 치솟아 올랐다고 하는데 그것 역시 그자가 행한 마법이라는 것입니까?"

"그것이 마법인지 아닌지는 확인이 불가능합니다. 아시다시피 왕국이 성립될 당시 고위 마법사들의 대부분이 타국으로 넘어갔고, 왕국은 마법사나 그들이 펼치는 마법을 천시하거나 경원시했던지라 그것이 어떠한 마법인지 확인하기란 요원하기 때문입니다."

"제기랄! 그깟 마법이라니."

군사장 세이칼의 설명에 다혈질로 보이는 제1방면군장이 주먹으로 자신의 무릎을 쳤다. 심히 안타까운 표정과 함께 마법에 성이 함락되었다는 것에 분노를 터뜨렸다.

제1방면군장과는 달리 제2방면군장인 크루커는 신중한 표정을 지었다. 그들의 다음 행보가 다름 아닌 자신이 맡고 있는 곳이라는 것을 잘 알고 있기 때문이기도 하지만 성격 자체가 신중하기도 했기 때문이었다.

"왕국에 마법사를 파견해 달라 해야 할 것입니다. 최소한 그들이 사용하는 마법이 어떤 마법인지는 알아야 대처를 하지 않겠습니까?"

"주술사는 있을지 모르나 마법사라면 조금 어려울 듯싶습니다만."

제2방면군장의 말에 세이칼 군사장은 조용히 총사령관을 바라보았다. 총사령관인 클레이튼은 여전히 깊은 생각에 잠겨 있었다.

"아마 그들은 나에게 주술사나 마법사를 보내주지 않을 것이야."

"아니, 그게 무슨 말이십니까? 아무리 똥오줌 가리지 못하는 그들이라 할지라도, 본토와 연결되는 던가드가 위험합니다. 겨우 정적을 처리한답시고, 보내주지 않는다는 것이 말이 됩니까?"

이번에도 역시 불같은 성격의 제1방면군장이었다. 그는 총사령관이 있음에도 불구하고 탁자를 탕탕 치면서 입에서 침을 튀기며 왕국의 전사들을 싸잡아서 욕하고 있었다.

"그만!"

그때 총사령관이 손으로 그를 제지하고 나섰다. 그러자 언제 그랬냐는 듯이 씩씩거리면서도 말을 멈추는 제1방면군장이었다. 그에게 있어 총사령관은 국왕보다 더 우선시되는 자이니까.

"그를 시험해 본다."

총사령관의 입에서 시험해 본다는 말이 떨어지자 회의실

에 모여 있던 모든 이가 해연히 놀랐다. 특히나 그의 세이칼 군사장의 놀람은 더하였다.

"그 말씀은……."

끄덕. 끄덕.

말끝을 흐리는 세이칼 군사장의 말에 말없이 고개를 끄덕 이는 클레이튼 총사령관이었다.

"그는 이미 예전의 그가 아니다. 이대로 가다가는 본토까 지 위험해질 수 있음이다."

"총사령관 각하! 드디어 결심을 하신 겝니까?"

끄덕.

신중하게 크루커 제2방면군장이 클레이튼 총사령관에게 물었다. 그에 클레이튼 총사령관은 말없이 고개를 끄덕이며, 제2방면군장을 바라보았다.

"이번에는 그대가 고생을 좀 해줘야겠어."

"어떤……."

"일단 그들의 실력을 보아야겠지."

"그것은 당연한 것입니다. 하나, 그들의 실력을 보기 위해 서는 희생이 절대적입니다."

희생이란 바로 죽음을 뜻한다. 전쟁에서 능력을 확인한다 는 것, 혹은 실력을 확인한다는 것은 바로 생과 사를 묻는다 는 것과 다르지 않았다.

하니, 당연히 죽음과 희생이 따르는 것이었다.

지금 제2방면군장인 크루커의 말은 바로 그것을 짚고자 하는 것이었다. 아무리 대를 위해 소를 희생한다고는 하지만, 고작 실력 확인을 위해서라면 그 누구고 인정하고 들어가지 않을 것이기 때문이었다.

"지금은 적이다. 적으로서 그들과 싸우지 않으면 안 되는 것이다. 그것이면 되지 않나?"

"아!"

그러했다. 인위적인 것이 아니었다. 그들에게 우호적인 것도 아니었다. 그들은 이미 적인 것이다. 적을 적으로서 맞이하는 것일 뿐이었다. 그들이 진다면 자격이 없는 것이고, 이긴다면 대화할 수 있는 최소한의 여건을 갖춘 것이라 할 것이다.

"최선을 다하겠습니다."

"음. 루트리우스."

"말씀하십시오."

"감찰관의 눈을 가리게."

"알겠습니다."

그것으로 끝이었다. 제1방면군장이 일어서 나가고, 그를 따라온 이들도 나갔다. 제2방면군장 역시 가볍게 군례를 올리고, 자리를 일어났다.

남은 것은 총사령관과 군사장, 그리고 총사령관을 모시는 부관 플리비우스 카이슨이었다.

"시기상조이지 않을까 합니다."

"그렇게 생각하는 이유는?"

"아직 대족장의 세력이 강성한 탓입니다. 그를 따르는 무리는 마치 광신도와 같습니다. 소나기는 피하는 것이 좋습니다."

군사장의 말에 감고 있던 눈을 뜨고 조용히 군사장을 바라보는 클레이튼 총사령관이었다.

"이보게. 동생 루트리우스."

"말씀하십시오. 형님."

클레이튼 총사령관의 기세가 바뀌었다. 물론 전사들에게나 쓰는 그러한 기세가 아님을 루트리우스는 알고 있었다. 그의 기세가 바뀌었다는 것은 자신에게 중요한 말을 하고자 함을 알기 때문이었다.

"소나기가 무려 20년이나 내리는데 그것이 소나기인가?"

"그것은……."

할 말을 잃은 루트리우스였다. 소나기는 피하고 보는 것이 맞는 말이지만, 한 번도 그치지 않고 내리고 있었다.

문제는 그것이었다.

자신이 형님이라 부르는 드루실리우스는 이제 나이가 들

어간다. 이미 70을 넘긴 나이니 보통의 초원 부족들보다 오래 사는 초원 전사들 중에서도 대단히 오래 살았다고 할 수도 있었다.

그는 무려 20년을 기다렸다. 자신의 자리를 다시 찾기 위해서 말이다.

한데 드루실리우스는 점점 나이 들어가고, 부족은 광신도가 되어가고 있었다. 이번 기회가 아니면 어쩌면 다시는 기회가 없을지도 몰랐다. 그것을 알고 있었다.

"저는… 무섭습니다."

루트리우스는 진정 하지 말아야 할 말을 내뱉고 말았다. 비록 군사의 자리를 꿰차고 있으나, 그 자신 또한 엄연한 초원의 전사. 무서움을 모르는 초원의 전사가 무섭다는 말을 했으니 이 얼마나 참담한 말인가?

하지만 드루실리우스와 그의 부관 플리비우스 카이슨은 고개를 끄덕였다. 대족장, 아니, 바이큰 왕국의 국왕은 그들도 무서웠다. 무섭도록 냉철하고, 무섭도록 잔인한 자였다.

그의 앞에는 오직 복종만이 존재한다. 가족에게도 복종을 원한다. 복종하지 않았기에 그의 아버지를 스스로 죽였고, 그의 아내도, 그의 자식조차도 직접 제거하였다.

"나도… 그가 무섭다."

"한데 어찌하여?"

루트리우스의 물음에 잠시의 숨을 고르는 드루실리우스였
다. 하지만 이내 그는 자신이 하고자 하는 말을 내뱉었다.

"나는 전사이기에 때로는 그것이 죽음에 이르는 길임을 알
고도 가야만 한다. 또한, 초원의 전사는 초원에서 빛나는 법
이지. 제국을 흉내 낸다고 해서 제국처럼 되는 것은 아니다."

"알고… 있습니다."

드루실리우스는 안타까워하고 있었다. 비록 제국의 서부
를 차지하여, 안정적인 기반을 얻었지만, 초원의 부족들은 변
하고 있었다. 제국을 흡수할 줄 알았건만 오히려 제국에 흡수
당하고 있었다.

순박하고, 담백한 초원 부족은 없어지고, 질시하고 나태한
자들이 생겨났고, 정의로움과 명예로움을 아는 뜨거움을 지
닌 전사들은 사라지고, 제국의 기사 흉내를 내는 전사들이 생
겨났다.

이것이 불과 6년 만에 나타난 초원 부족 바이큰족의 현상
이었다. 그러하기에 드루실리우스는 안타까워하고 있는 것
이었다. 사라져 가는 초원 부족의 기개가 말이다. 흡수하지
못하고 흡수당하는 초원 부족을 보고 말이다.

"나는 폴라리스 왕국의 국왕에 대하여 많은 정보를 수집했
네. 그는 몰락해 가는 제국의 남작 가문에서 차남으로 태어난
사람이네. 버림받은 북부의 남작 가문에서 말이네."

갑자기 폴라리스 왕국의 국왕에 대하여 말을 하자, 루트리우스와 플리비우스는 조금 의아한 표정을 지었으나, 담담하게 드루실리우스의 말을 경청했다.

"그는 불굴의 의지로 황폐했던 북부를 통합하고 왕국을 세웠다. 그가 왕국을 세우기 전 한 번도 패한 적이 없었다. 그래서 그의 적은 그를 악마왕이라 불렀으나, 이내 기사 중의 기사라는 나이트 킹이라 부르게 되었다. 왜일 것 같은가?"

"그야……."

"그……."

드루실리우스의 갑작스러운 물음에 루트리우스와 플리비우스는 선뜻 대답할 수 없었다. 전사는 알아도 기사에 대해서는 그리 깊이 생각해 본 적이 없었기 때문이었다.

"나는 기사에 대한 자료를 좀 찾아보았네. 초원에 전사가 있다면 제국에는 기사가 있더군. 기사와 전사, 그 근본은 다르지 않더군. 아니, 어쩌면 거친 전사들보다는 조금 더 세련된 이미지를 가지고 있을 뿐이더군. 한데, 그러한 기사 중에서도 나이트 킹이라 불린 자는 없더군. 있다면, 과거 수천 년 전 처음으로 대륙을 일통했던 아놀드 험프리 대제가 나이트 킹이라 불릴 만하다 할 수 있겠지."

플리비우스는 그 말에 경탄의 표정을 지었으나, 루트리우스의 표정은 달랐다. 그것이 대체 무슨 의미이냐는 그러한 표정이었다.

"기사가 전사와 같다면, 나이트 킹은 대전사와 같지 않겠습니까? 그러하다면 그를 그리 크게 볼 일이 아닙니다. 대전사는 우리에게 항상 있어 왔습니다. 나이트 킹이 그러한 존재라면 말입니다."

어찌 보면 루트리우스의 말이 타당할지도 모른다. 초원 부족에게 항상 있어 왔던 대전사라면 나이트 킹이라는 존재는 무서워할 이유가 없었다. 존경할 이유도 없고 말이다.

"자네는 잘못 알아들었군. 내 묻겠네. 그에게 죽은 북부 점령 사령관 블레타누스 크리커나 차(次)전사 라이타누스 크렉커가 약해서 그에게 죽었다고 생각하나? 또한, 알카트 성을 지키고 있던 테오도시우스 카이건이 진정 약해서 그에게 죽었다고 생각하는가?"

"크으으음."

드루실리우스의 말에 루트리우스는 침음성을 삼켜야만 했다. 그들은 비록 대전사는 아니었어도, 통합된 바이큰족에서 손에 꼽히는 대전사의 바로 뒤를 잇는 차전사들이었다.

그 차전사 중 열한 번째 대전사로 유력했던 차전사인 라이타누스 크렉커와 테오도시우스 카이건은 시간이 조금만 더 있었어도 대전사가 될 수 있었다는 평이었다.

"그러한 그가 다스리는 북부를 한번 되짚어보게. 지난 날 북부 점령군으로 북부로 떠나 포로가 된 10만이 넘는 전사 중 다시 아국으로 넘어온 전사가 몇이나 되던가?"

"그……."

드루실리우스의 말에 답을 하려던 루트리우스가 결국 말을 흐리고야 말았다. 할 말이 없었다.

어쩌면 드루실리우스의 군사로 있는 자신은 드루실리우스보다 더 그자에 대해 잘 알고 있을 지도 몰랐다.

하지만 애써 무시했던 그 모든 것이 드루실리우스의 말에 다시 하나둘 수면 위로 떠오르고 있었다.

나이트 킹, 그가 진정으로 어떠한 사람인지 말이다. 인정하기 싫었지만 인정해야 할 것은 인정해야만 했다.

"형님의 생각에 따르겠습니다."

"고맙네."

*　　　*　　　*

던가드로 진군하던 베르누크는 지금 던가드 지역이 시작되는 지역인 도브 평원 바로 앞에서 숙영지를 정해 쉬는 사이 뜻밖의 손님을 맞아 그가 전해준 서찰을 읽고 있었다.

야전 집무실이자 숙소이며, 작전 회의실이 된 막사에는 조용히 서찰을 읽는 베르누크와 그를 뒤에서 호위하는 제이와 바티스타, 그리고 좌우에 레너드와 카림이 조용히 앉아 있었다.

그리고 베르누크의 앞에는 분명 초원 부족으로 보이는 자가 맞은편 의자에 자리해 있었다. 긴장한 표정이 역력하였으나, 그렇다고 위축되거나 하지 않은 모습이었다.

"이걸 어떻게 해석해야 할지 모르겠군."

그런 말을 하면서 서찰을 카림에게 넘겨주는 베르누크였다. 베르누크는 정말 어떻게 생각해야 할지 모르겠다는 듯한 표정을 지으며, 자신의 맞은편에서 여전히 꼿꼿하게 앉아 있는 바이큰 왕국의 전사를 바라보았다.

카림은 베르누크가 건네준 서찰을 주욱 훑어보고 이윽고 레너드에게 그 서찰을 넘겼다. 레너드 역시 서찰을 빠르게 읽어 내렸다. 서찰을 금새 다 읽어 내린 레너드는 손으로 턱을 매만졌다.

"3만 대 3만으로 승부를 가르자니. 전쟁을 하면서 이러한 제의를 받은 것은 처음이군. 자신이 있다는 것인가?"

베르누크의 말에 카림이나 레너드 역시 고개를 주억거렸다. 기실 병력 면에서라면 베르누크의 20만 병력을 훨씬 웃도는 던가드 병력이었다.

거기에 피의 성벽이라는 던가드 성벽까지 있다.

그러한 모든 이점을 버리고, 도브 평원에서 3만 대 3만의 병력으로 어떠한 전략과 전술도 없이 오로지 힘과 힘으로 전쟁을 치르자는 바이큰 왕국의 제의를 어떻게 해석해야 할지 난감할 지경이었다.

"우리로서는 환영할 일이옵니다. 적이 이점을 버리고, 전사 대 기사로서 한번 붙어보자는데 거리낄 것이 없다고 보입니다. 또한 그들이 기사만큼은 아니지만 아직 그들의 주력이고 무력의 상징이라고 하는 전사를 내세운 만큼 크게 문제는 없다고 보옵니다."

역시 카림이었다.

물론, 카림의 말 속에는 지극한 자신감이 깃들어 있었다. 바이큰 왕국이 어떠한 술수를 쓰더라도 그것을 모두 이겨내고, 반드시 승리를 쟁취할 수 있다는 그러한 자신감이었다.

"좋군."

카림의 말에 고개를 끄덕인 베르누크는 자신의 맞은편에 있는 전사를 바라보았다. 적진임에도 불구하고 꼿꼿한 자세를 유지하는 모양이 상당한 담력과 실력을 가진 자라 평하지 않을 수 없었다.

"그대들의 제의에 응한다고 전하라."

베르누크의 대답에 허리를 꼿꼿하게 펴고, 앉아 있던 전사의 눈동자에는 '잘되었다' 라는 일말의 희열이 스치고 지나갔다. 그것은 자신감의 표현일수도 있었고, 적에 대한 비웃음일 수도 있었다.

하지만 전사답지 않은 노련함으로 그러한 눈빛은 순식간에 사라지고, 적장에 대한 예를 다하는 전사였다.

"틀림없이 전하도록 하겠사옵니다."

"그럼 삼 일 후에 도브 평원에서 보지."

전사는 베르누크에게 예를 올리고 막사의 문을 통하여 나갔다.

그가 완전히 모습을 보이지 않을 때까지 지켜보던 베르누크가 입을 열었다.

"어떻게 생각하나?"

"단순하게 보면 전사로서 왕국이 성립되기 전부터 위명을 떨친 나이트 킹과 블러디 나이츠에 대한 호승심이라 할 수 있을 겁니다. 겉으로 드러난 상황으로만 보자면 그럴 가능성이 높군요."

베르누크의 물음에 간단하게 답을 하는 카림이었다. 그러나 카림의 대답이 결코 한 가지에만 국한되어 있는 것이 아님을 눈치챈 레너드가 슬머시 물었다.

"하면, 적이 다른 의도가 있을 수 있다는 말이오? 뭐, 우리의 뒤통수를 친다거나 하는 그런 거 말이오."

레너드의 말에 살짝 웃음을 띤 카림은 고개를 가로저었다. 다른 의도는 맞으나, 뒤통수의 개념이 아니기 때문이었다.

"다른 의도란 두 가지의 의도를 도출해 낼 수 있습니다. 첫째로, 같은 병력의 수로 전투에서 반드시 이김으로써 전사의 우수함과 바이큰족의 우월함을 알리는 것입니다."

"그도 한 방법이겠군. 두 번째는?"

카림의 말에 고개를 끄덕인 베르누크는 첫 번째도 가능성이 있으나 두 번째에 더 무게를 두고 있었다. 자신이 예상하고 있는 것을 확인하고자 하는 차원도 있었고 말이다.

"둘째는 바이큰 왕국 내부에 문제가 있다는 것입니다."

"그것이 어째서 도브 평원에서의 전투에 대한 연유가 될 수 있소?"

곧바로 튀어나오는 레너드의 물음. 카림은 고개를 끄덕이며 조용히 말했다.

"문제가 있다는 것은 현 바이큰 국왕의 세력에 반하는 세력이 있다는 것을 의미하며, 그 세력이 지금 아국의 힘을 평가하고자 하는 것입니다. 지금과 같은 시대에 상대를 평가함에 있어 가장 확실한 방법은 바로 힘입니다."

"그다음은 한번 보자는 것이겠군."

카림과 레너드의 대화를 듣고 있던 베르누크가 말을 이었다.

"그렇습니다. 자신을 담을 수 있는 그릇의 단단함을 측정했으니, 이제는 그 그릇의 용량을 측정해야 하기 때문입니다.

자칫 잘못하면, 일을 성사시키기도 전에 자멸할 수도 있습니다."

"둘 다 신빙성이 있는 가설이로군."

"하지만 첫 번째의 가설 역시 두 번째의 가설로 연결되는 것입니다."

"그 말은 졌으니 너희의 본분을 알고, 알아서 돌아가라 이 건가?"

"그렇습니다."

결국 결론은 하나였다.

자신들이 가진 힘을 압도하면 몸을 의탁하겠으나, 자신들보다 못한 힘을 가지고 있으면 차제에 어떻게 활용될지 모르니 조용히 물러가라는 것일 게다.

"그럼 힘을 좀 보여주어야겠군."

베르누크의 말에 히죽 웃는 레너드였다. 힘을 보인다는 말. 그 말처럼 기사들의 가슴을 뛰게 하는 말은 없을 것이기 때문이었다.

"레너드."

"하명하십시오."

"정예 3만. 압도적으로."

"국왕 폐하의 명을 따릅니다."

베르누크의 명을 받은 레너드가 막사를 벗어났다. 남아 있는 카림에게 시선을 돌린 베르누크는 그에게도 명을 내렸다.

"정예 3만을 제외한 인원으로 방어 작전을 마련토록 하고, 만약 이것이 적의 계략이라면 그 계략을 이용할 계책을 마련토록 해. 3만이든 30만이든 아국의 압도적인 힘을 보여줄 수 있도록."

"국왕 폐하의 뜻대로 이루어질 것입니다."

카림 역시 물러났다.

탁자에 두 손을 올려 깍지를 낀 베르누크가 잠깐의 생각에 잠겼다. 하지만 이내 깍지를 풀고, 무엇이 그리 재미있는지 히죽 웃었다.

"바이큰 왕국에 틈이 생기는 건가? 어쨌든 좋은 현상이지."

베르누크는 기분이 좋았다. 상대가 계책을 쓴 것인지, 아니면 순수하게 힘을 판가름해 보자고 한 것인지는 불명확하지만 그래도 이런 제의를 받은 것이 기분 나쁘지는 않았다.

"아직 전사의 기백이 남아 있음인가?"

＊　　　＊　　　＊

삼 일 후 도브 평원.

동과 서로 나뉘어 근 25만에 가까운 병력이 운집해 있었다. 바이큰 왕국군 10만 정도. 폴라리스 왕국군 15만 정도. 그리고 그들을 배경으로 3만 정도 되어 보이는 병력이 상대방을 노려보며 기마를 타고 정렬해 있었다.

바이큰 왕국군의 가장 선두에 선 자는 제2방면군장인 호라티우스 크루커. 그에 맞서는 폴라리스 왕국군의 선두는 역시 베르누크였다. 거리가 멀다 하나 이미 경지에 오른 크루커 제2방면군장은 분명하게 볼 수 있었다.

폴라리스 왕국의 인장기와 국왕임을 나타내는 인장기가 동시에 서 있음을 말이다.

그에 침음성을 삼키고야 마는 크루커 제2방면군장이었다.

"크음. 부풀려진 소문이 아니라… 진실이었던가?"

전투에 있어서 가장 선두에 서 적을 주살한다는 말이 거짓이 아니었다. 일국의 국왕으로서 있을 수 없는 일이었지만 폴라리스 왕국의 병사들과 기사들에게는 너무나도 당연한 모습이었다.

일군을 이끄는 장수조차도 가장 선두에 서서 적을 향해 돌격하는 경우는 극히 드물다. 전장을 주관해야 하기 때문이다.

지금과 같은 어떠한 계책도 없는 상황이라면 모를까 절대 있을 수 없는 일이나, 그 있을 수 없는 일이 지금 벌어지고 있는 것이었다.

"그는 과연 나이트 킹이라 불릴 만한 자입니다."

크루커 제2방면군장의 부관으로 있는 테우갈리오스 크루
틴의 입에서 신음성처럼 낮은 음성이 흘러나왔다. 그 음성에
는 비록 적이지만, 가장 선두에 섰다는 그 자체 하나만으로
존경받아야 마땅하다는 감정이 실려 있었다.

"돌격 준비하게!"

"명!"

존경과 전투는 다르다. 필승의 신념이 없으면, 전투를 하지
말아야 한다. 상대가 아무리 강해도 이겨야만 하는 것이 전사
의 기백이자 전투의 기본이다. 그에 차갑게 전의 다지는 크루
커 제2방면군장의 음성에 그의 부관인 크루틴 역시 자신의
실책을 만회하며, 전의를 다졌다.

"전구우우운! 돌겨어억!"

"돌겨어어억!"

"우와아아아~!"

크루커 제2방면군장의 외침이 일자 그의 뒤를 따르는 전사
들이 일제히 함성을 지르며, 말을 몰아 나아갔다. 그에 베르
누크 역시 할버드를 높이 들어 돌격을 외쳤고, 기사들과 베르
누크를 따르는 정예들 역시 우렁찬 함성을 내지르며 평원을
가르기 시작했다.

도브 평원은 적막하기 이를 데 없었다. 수십만의 말과 사람
으로 인해 새는 울음을 그쳤고, 야생 동물은 꼬리를 말고 땅

속으로 사라지거나 몸을 감췄다.

지금 들리는 것이라고는 도합 6만이라는 대군이 서로를 향해 죽일 듯이 쇄도해 들어가고 있는 소음이었다.

말이 달리는 소리.

오직 그 소리만 도브 평원의 적막을 깨고 있었다. 양측으로 벌어져 있는 양군의 본대는 눈을 부릅뜨고, 이제 막 서로의 창과 검이 닿을 지점까지 도달한 군마를 바라보고 있었다.

점점 더 다가가는 두 군영.

이윽고 두 군영이 부딪혔다.

"끼야아홋!"

"흐라얏!"

콰드드드득!

히히히히잉!

"초원을 위하여!"

"적에게 죽음을!"

기괴한 외침 소리가 사방에서 들려왔고, 말의 울음소리와 전사는 전사대로, 기사는 기사대로 각자의 신념을 위한 드높은 소리가 울려 퍼졌다.

창과 검이 부딪히고, 그 즉시 피가 튀어오르고, 살이 베어지고, 뼈가 부러지는 소리가 들려왔다.

"와하하하! 폴라리스 왕국은 여자마저도 기사로 세우는가?"

누군가가 외쳤다. 그것은 분명 바이큰 왕국의 전사의 웃음이요 조롱일 것이었다. 하지만 그러한 웃음과 조롱은 오래가지 못하였다.

"기사는 검으로 말한다."

우웅~ 웅웅웅!

테레지아 백작의 바스타드 소드에서 대기와 공명하는 소리가 낮은 음을 토해내며 아주 길게 이어졌다. 그와 함께 시전되는 오러 리저넌스는 그녀의 곁에 전사의 도가 다가옴을 결코 허용치 않았음이 분명했다.

"커허어억!"

간단하게 한 명의 전사를 도륙 내어버린 테레지아 백작의 솜씨에 바이큰 왕국의 정예는 기세를 올렸고, 바이큰 왕국의 전사들은 숨을 죽였다.

"초원의 전사들은 허약하구나."

"이익! 죽여! 죽여!"

한 명의 전사가 외쳤고, 또 한 명의 전사가 외쳤다. 죽을지도 모르고 스스로 불을 찾아 날아든 불나방처럼 자신들을 조롱하는 테레지아 백작에게 쇄도해 들어가는 전사들.

하나, 그들의 적은 비단 테레지아 백작만이 아니었다.

슈우웅! 콰드드득!

여남은 명의 전사들이 피떡이 되어 허공으로 튕겨져 올라

가고 있었다. 테레지아 백작을 향해 쇄도해 들어가던 전사들
이 멈칫했다. 그들의 위로 드리워지는 거대한 음영.

그는 다름 아닌 제이 브레이커였다.

제이는 웃지 않았다. 그는 지금 전사들을 진심으로 대하고
있었다. 전사로 죽을 수 있게 말이다. 그의 거대한 쇠봉에는
검붉은 피딱지와 전사들의 살점이 덕지덕지 붙어 있었다.

"투, 투마왕!"

누군가가 부지불식간에 외쳤다.

2미터가 넘는 거대한 체구에 자신의 두 배는 됨직한 거대
하고 검붉은, 피딱지와 살점이 덕지덕지 붙어 있는 쇠봉. 그
리고 무표정하고 무심하리만치 냉정한 눈동자.

그는 진정 투마왕이었다.

물론 제이만 있는 것이 아니었다. 레너드가 있었고, 바티스
타가 있었으며, 헤르메스 경이 있었고, 타이슨 경이 있었다.

그곳에는 블러디 나이츠가 있었다. 피의 전사들. 나이트
킹을 따라 움직이는 피의 물결이 그곳에 있었다.

그들의 힘은 절대적이었으며, 압도적이었다. 호호탕탕한
전사의 기백을 지닌 바이큰족의 전사라 할지라도 기가 질리
게 할 정도였다.

제2방면군장의 부군장이자 크루커 제2방면군장은의 부관
인 크루틴은 어금니를 저도 모르게 꽉 깨물고 있었다.

상상 이상이었다. 애초에 상대 자체가 안 되는 것이었다. 허탈하기까지 했다.

명령을 받기 위해 그의 눈이 방면군장인 크루커를 찾았다. 하지만 그는 크루커 제2방면군장으로부터 어떠한 명령을 받을 수 없었다.

지금 크루커 제2방면군장의 눈에는 오로지 폴라리스 왕국의 국왕만이 보였다. 거대한 체구와 거대한 말, 그리고 3미터에 달하는 할버드. 무표정한 얼굴과 무심한 눈동자.

온몸이 번개에 맞은 듯 쩌르르르하게 울려왔다. 말고삐를 놓고, 좌우 양손에 든 만월도를 잡은 손이 축축하게 젖어왔다.

'이 긴장감. 그때 이후로 처음인가?'

평생 긴장이라는 것을 잘 모르고 살았다. 있다면 처음 만월도를 잡고, 전사로서 인정받기 위해 전사의 의식을 치렀을 때. 그 이후로 처음 접하는 긴장감이었다.

물론 자신은 대전사와도 손속을 나눠보기도 했다. 하지만 대전사라 할지라도 자신을 이렇게 전사의 의식 때와 같은 긴장감을 느끼게 하지는 못했다.

지금 자신이 느끼는 긴장감은 두려움과 희열과 투지와 공포가 한꺼번에 몰려오는 그런 긴장감이었다. 다시는 느껴보지 못할 것이라 여겼던 그 생경한 긴장감이 몸을 압박해 오자 크루커 제2방면군장은 기분 좋은 웃음을 지었다.

그 웃음에는 상당한 괴리감이 느껴졌다. 분명 이곳은 생과 사를 가르는 전장이다. 또한 자신은 일군을 이끄는 우두머리이다. 무수한 생명을 책임져야만 하는 그런 막중한 자리에 있음에도 불구하고 크루커 제2방면군장은 웃음을 짓고 있었다.

그러한 웃음을 본 베르누크는 지금 자신의 상대가 어떠한 상태인지 알 수 있었다. 그것은 순수한 초원 부족의 전사로서 지을 수 있는 웃음이었다.

"준비는 되었나?"

끄덕!

싱긋 웃는 베르누크였다. 그러더니 주변을 한번 휘둘러보았다.

"전세는 이미 기운 것 같은데 애꿎은 병력 낭비 없이 둘이 전투의 승패를 결정하는 것이 어떠한가?"

베르누크의 말에 그때야 퍼뜩 정신을 차려 주변을 둘러보는 크루커 제2방면군장 였다.

"아!"

파죽지세와 지리멸렬.

딱 그 말이 떠오르는 장면이었다.

폴라리스 왕국의 3만 병력은 파죽지세였다. 그들의 앞을 가로막을 전사가 없었다. 그에 반해 당하는 바이큰 왕국의 전사들은 지리멸렬이었다. 힘없이 밀리고 있었다. 초원의 전사가 이리도 약했던가? 라는 생각이 들 정도로.

그때 크루커 제2방면군장은 자신의 부관과 눈이 마주쳤다. 명령을 바라는 자신의 부관. 크루커 제2방면군장은 고개를 무겁게 끄덕였다. 그 의미를 부관은 곧 이해했다.

하지만 명령은 베르누크가 먼저였다.

"멈춰라! 군을 물려라!"

산천초목이 울릴 정도로 울려 퍼지는 베르누크의 명령. 그에 폴라리스 왕국의 병력은 일말의 아쉬움이나 혹은 의문도 없이 지리멸렬해 툭 건드리기만 해도 완벽한 승리를 거둘 수 있음에도 불구하고 말 머리를 돌렸다.

그러한 모습에 크루커 제2방면군장은 마음이 무거워졌다.

폴라리스군은 전진과 후퇴가 너무나도 질서정연했다. 무릇 전투에서 전진보다는 후퇴가 어려운 법이다. 한데 전진하는 만큼 후퇴 역시 신속하고 정연하기 이를 데 없었다.

'그는 이미 내가 재단할 수 없는 인물이로구나.'

크루커 제2방면군장은 느낄 수 있었다. 이미 승패는 떠났다고 말이다. 또한, 자신의 그릇으로 폴라리스 왕국의 국왕을 재단할 수 없음을 말이다. 하지만, 그러함에도 불구하고 크루커 제2방면군장은 투지를 불살랐다.

"내려서 싸우시겠소?"

끄덕.

말에서 내린 크루커 제2방면군장은 몸을 비스듬히 세워 만월도 하나를 아래로 내리고 하나의 만월도는 등 뒤로 감춰 곧추세웠다. 이미 모든 전투는 끝이 났으되, 자신만의 전투를 위한 만반의 준비를 했다.

호라티우스 크루커라는 자. 조금 말랐지만 잘 다듬어진 몸이었다. 사각진 얼굴에 검게 그을린 얼굴. 다부진 어깨와 늘씬한 허리. 굳건한 두 다리와 자신보다 강자와 겨룸에도 추호의 흔들림 없는 두 눈을 가지고 있었다.

전투에 임하는 자세를 본 후 가볍게 고개를 주억거린 베르누크 역시 몸을 비스듬히 돌려 세우고, 할버드의 손잡이 끝을 잡고 창두를 땅에 대었다.

"선수를 양보하지."

"사양하지 않겠소."

크루커 제2방면군장은 사양하지 않았다. 선수를 양보한 자는 충분히 그럴 만한 자격이 되었다. 그는 강자이고, 강자로서 여유를 보여도 되는 자였다.

"타하아앗!"

순간, 크루커 제2방면군장은 한 발 앞으로 내딛으며 만월도를 내질렀다.

후우우웅!

두 개의 만월도의 도첨에서 뻗은 백광이 대기와 무겁게 공명하며 베르누크를 향해 밀려들었다.

그에 베르누크 역시 할버드를 들었다.

둘의 기운은 1미터의 거리를 두고, 와류처럼 휘돌며 얽혀들었다.

쿠쿠구구궁! 콰르르르릉!

천둥과 벼락이 치는 것처럼 커다란 굉음이 울리고, 백광이 번쩍이면서 부딪혔고, 그 충격에 땅에서 일어난 누런 흙먼지가 일어 회오리쳤다.

베르누크는 잠시의 틈도 주지 않았다. 첫 번째의 힘이 사라지기도 전에 또 다시 할버드를 휘둘러 크루커 제2방면군장을 압박해 들어갔다.

그에 크루커 제2방면군장은 대경하여, 두 개의 만월도를 마치 풍차처럼 휘둘러 자신에게로 쇄도해 들어오는 압박을 해소하려 하였다.

쿠르르릉! 콰카가가각!

천둥소리가 들리며, 무언가 땅이 갈리는 소리도 났다. 눈으로 쫓을 수도 없을 정도로 빠르게 공방을 주고받는 두 사람 덕택에 주변의 대지는 이미 폭풍우가 몰아친 듯 진저리를 치고 있었다.

그러던 어느 순간이었다.

크루커 제2방면군장의 양손에 든 두 자루의 만월도에서 1미터가량의 시퍼런 광채가 쭉 뻗어나왔다.

"오러 블레이드!"

누군가가 외쳤다. 그 목소리는 분명 폴라리스 왕국 진영에서 나오는 것이 아닌, 바이큰 왕국군에서 나오는 소리였다. 정작 놀라야 할 폴라리스 왕국의 병사들은 그저 담담하게 두 사람의 싸움을 바라보고 있을 뿐이었다.

그와 함께 크루커 제2방면군장의 만월도에 시전된 오러 블레이드는 베르누크를 향해 마치 바람처럼 아무런 소리도 없이 쾌속하게 뻗어갔다.

베르누크는 당황하지 않았다. 오히려 반갑다는 듯이 자신을 향해 쾌속하게 다가오는 오러 블레이드를 직시하며 할버드를 휘둘렀다.

우릉! 쩌러러렁! 콰앙!

천둥이 일더니 종이 깨지는 듯한 청량하고 맑은 소리와 함께 무언가 폭발하는 듯한 소리가 연이었다.

"크으읍!"

외마디의 비명과 함께 크루커 제2방면군장이 펼친 오러 블레이드가 산산이 조각나며, 대지에 깊은 골을 패며 뒤로 주르륵 밀려나는 크루커 제2방면군장이었다.

뒤로 밀려난 크루커 제2방면군장의 안색은 창백했다. 답답한 호흡이 끊어졌다 이어졌다를 짧게 반복했다. 하지만 베르누크는 그에게 잠시간의 호흡을 가다듬을 시간도 주지 않았다.

승리해야 할 때는 확실하게 승리를 해야 뒷말이 없는 법이다. 때문에 여유를 줄 필요도 없을 뿐만 아니라 망설일 필요도 없었다.

마치 안개처럼 뿌연 무엇인가가 일어나더니 베르누크의 할버드가 그 안개 속으로 자취를 감춰 버렸다.

크루커 제2방면군장은 본능적으로 자신의 만월도를 교차하여 필사적으로 휘둘렀다. 이미 그의 머릿속에는 본능이 커다란 종이 되어 울려 퍼지고 있었기 때문이었다.

쩌저저정!

양 손목을 타고, 어깨까지 찌르르하게 뒤흔드는 시큰한 충격.

크루커 제2방면군장의 안색이 있는 대로 일그러졌다. 하지만 그것도 잠시, 뒤이어 밀려오는 감당할 수 없는 충격에 크루커 제2방면군장은 넘어오는 핏덩이를 게워내야만 했다.

"우웨엑!"

그때 크루커 제2방면군장의 귓등으로 들려오는 날카로운 소리.

씨이이잇!

크루커 제2방면군장은의 눈동자가 커졌다. 자신의 미간을 향해 날카롭게 쏘아져 오는 창두. 똑똑히 보이건만 아무런 행동조차 할 수 없었다.

우뚝!

바로 양 미간 사이에서 멈춰 서는 창두.

마치 시간이 멈춰버린 듯 크루커 제2방면군장은 한참 동안이나 그 자세 그대로 서 있었다. 그리고 마침내 그가 눈동자를 돌려 베르누크를 바라보았다.

베르누크는 할버드 손잡이의 끝을 잡고, 오연하게 크루커 제2방면군장의 미간을 겨눈 채로 서 있었다. 그에 크루커 제2방면군장은 마른 침을 삼키고야 말았다.

그의 눈에 들어온 폴라리스 왕국 국왕의 모습은 절대자의 모습 그대로였기 때문이었다.

"졌… 습니다."

베르누크는 할버드를 거두어들였다. 하지만 바로 몸을 돌리지는 않았다. 할버드를 옆에 세우고 베르누크는 기다렸다. 크루커 제2방면군장의 눈에서 하고자 하는 말이 있음을 깨달았기 때문이었다.

호라티우스 크루커의 입이 열린 것은 근 30초가 지나서였다.

"던가드의 총사령관이신 드루실리우스 클레이튼께서 폴라리스 왕국의 국왕 폐하를 뵙고자 하십니다."

크루커 제2방면군장의 입에서 나온 말은 의외의 말이었다.

“격이 맞지 않는군.”

그러했다. 격이 맞지 않았다. 지금의 전투 역시 전사와 기사이기 때문에 베르누크가 직접 나선 것이었다. 그렇지 않았다면 베르누크가 직접 나설 일은 아니었다. 그것은 스스로의 격을 낮추는 것이기에 말이다.

또한 크루커 제2방면군장의 입에서 나온 말 역시 마찬가지다. 일개 성벽 수비 총사령관이 일국의 국왕을 보자 말자 할 수 있는 것이 아니었기 때문이었다.

“서부 대평원을 이끌던 전 대족장으로서 원하십니다.”

“서부 대평원의 대족장이라……. 하면 자격이 있군.”

그렇다면 자격이 있었다. 총사령관으로서가 아니라 바이큰족을 이끌었던 대족장으로서라면 말이다. 그에 베르누크는 고개를 끄덕이고 입을 열었다.

“짐은 이곳에서 기다리겠다.”

“전하겠습니다.”

그 말을 들은 베르누크는 말의 고삐를 잡고 올라탔다. 그리고 서서히 말을 몰아 폴라리스 왕국군 앞에 섰다.

그가 할버드를 높이 들어 외쳤다.

“우리는 승리했다! 승리의 함성을!”

“우와아아아!”

“충! 충! 충!”

베르누크의 말에 기사들과 병사들은 커다랗게 함성을 지르며 발을 구르고 무기를 두드리며, 커다랗게 승리의 기분을 만끽했다.

그러한 모습을 바라보는 크루커 제2방면군장의 곁으로 그의 부관인 크루틴이 다가와 부축했다.

"괜찮습니까?"

"괜찮네."

부관의 물음에 자신의 입가로 흘러내리는 핏줄기를 소매로 닦아내며 말을 하는 크루커 제2방면군장이었다.

전사로서 수치스러운 패배를 당했음에도 불구하고, 크루커 제2방면군장의 표정은 오히려 편안해 보였다.

"그는 대전사보다 강한 자로구나."

"대전사보다 말입니까?"

"그러하네."

크루커 제2방면군장은의 말에 부관은 해연히 놀라 되물었다. 그 심정을 크루커 제2방면군장은 알 수 있었다. 자신조차도 심장이 입으로 튀어나올 만큼 놀랐으니 말이다.

"가세!"

"명을 받듭니다."

CHAPTER
05
투아레그 전투

Knight King

“어떠하던가?”

“무력만큼은…….”

“음…….”

던가드 성벽의 수비 총사령관 드루실리우스 클레이튼과 제2방면군장인 호라티우스 크루커의 대화였다. 제2방면군장인 그가 무력만큼은 확실하다 했다면 진정 그러할 것이다.

그는 바이큰 왕국에서 열 손가락 안에 꼽히는 대단한 존재이니까 말이다. 하지만 그 외의 것은 말하지 않았다. 그것은 자신에게 직접 만나보고 판단하라는 것일 게다.

"그가 기다리겠다 했다고?"

"제가 말하는 순간 미루어 짐작하거나 혹은 어느 정도 아국의 사정과 이곳의 사정에 대하여 알고 있는 듯한 느낌이 들었습니다."

"이곳의 사정을, 아니, 바이큰 왕국의 내부 사정을 어느 정도 알고 있다?"

크루커 제2방면군장의 말에 약간은 굳어진 얼굴이 된 클레이튼 총사령관이었다. 바이큰 왕국은 상당히 폐쇄적이다. 거기다 세 개의 왕국과는 완연하게 적대 관계를 맺고 있는 곳이 바로 바이큰 왕국이다.

그들이 정보원을 바이큰 왕국에 두었겠으나, 고급 정보를 가까이 할 수 있는 왕도의 중심까지는 접근하기가 힘들 것이다. 그곳에는 오로지 바이큰족만 살고 있으니 말이다.

그러함에도 불구하고, 바이큰 왕국 내부의 사정을 어느 정도 알고 있다 함은 그가 진정으로 뛰어나거나 혹은 그에 준하는 누군가가 있다는 것을 의미할 것이다.

아주 사소하고 자잘한 정보를 모아 전체적인 흐름을 파악해 낼 수 있을 정도로 말이다. 거기까지 생각이 미친 클레이튼 총사령관은 갑자기 그것이 사실인지 확인해 보고 싶었다.

"그는 나에게 오라고 하는 것이로군."

"아마도……."

클레이튼 총사령관의 고개가 그의 곁을 그림처럼 지키고 있는 군사장 세이칼을 향했다. 클레이튼 총사령관의 눈동자는 군사장 세이칼에게 방법을 묻고 있는 것이었다.

"전쟁을 이어가야 하지 않겠습니까?"

군사장인 세이칼의 말에 계속해 보라는 듯이 손짓을 취해 보이는 클레이튼 총사령관이었다.

"어차피 모든 이가 아는 제2방면군장의 패배입니다. 그 상황에서 갑작스럽게 전쟁을 멈춘다는 것은 오히려 의심을 살 수 있습니다. 해서 던가드 성벽을 지키는 모든 병력을 동원해서라도 그들과 맞서 싸워야 합니다."

단숨에 말을 이은 군사장 세이칼이었다. 여기 모인 클레이튼 총사령관의 측근들은 군사장 세이칼의 답에 모두 고개를 끄덕였다. 여기서 멈춘다면 반대 세력이라 하여 점령당한 세 곳에 대한 책임이 모두 클레이튼 총사령관에게 전가되는 것은 불 보듯 뻔한 일이다.

그 연유는 알카트 성을 방어하는 테오도시우스 카이건에게 던가드 성벽으로 향하는 적의 뒤를 잡으라는 명령에 클레이튼 총사령관의 반대에 서 있던 이들 역시 동의를 했으나, 실제적으로 그 작전을 입안한 것은 군사장 세이칼이었고, 그것을 최종 승인한 자는 클레이튼 총사령관이다.

때문에 승리를 했으면 모르되, 실행된 작전이 아무리 정당

한 계책이라 할지라도 전투에 있어서 패배는 반드시 누군가
가 책임을 져야 한다. 그 책임에서 가장 자유롭지 못한 자가
바로 던가드 성벽의 총사령관인 드루실리우스 클레이튼이
다. 그는 총사령관이니까.

"그리고, 감찰관과 그를 따르는 성벽의 좌측을 지원하는
두 성주의 이목을 따돌려야 합니다."

"이미 감찰관은 폴라리스 왕국과의 전쟁을 빌미로 삼아 자
신들을 제거하기로 결정했다는 것을 어느 정도 짐작하고 있
을 것이네. 그러한 그들의 의심스러운 시선을 어떻게 돌리느
냐가 문제겠지."

클레이튼 총사령관의 핵심을 짚는 말에 침착하게 고개를
끄덕인 군사장 세이칼이었다. 기실 던가드 성벽의 수비 총사
령관은 드루실리우스 클레이튼이었으나, 모두가 완벽하게 총
사령관을 따르는 것은 아니었다.

던가드 성벽을 지원하는 좌측 두 개의 성과 우측 세 개의
성의 성주는 모두 감찰관을 따르는 자였다. 물론 감찰관을 따
르는 것이 아닌 바이큰 왕국의 국왕을 따르는 자들이었지만
말이다.

그런데 이미 던가드 성벽의 우측을 지원하는 세 개의 성이
저들에게 함락당했다. 물론 그것이 정당한 작전이기도 했지
만, 총사령관이 심증적으로 자신들을 제거하려 한다는 것을

굳힌 감찰관 세력이 그리 쉽게 작전을 따르겠냐 하는 클레이튼 총사령관의 생각이었다.

"그들의 정면을 총사령관 각하께서 감찰관과 함께 담당하시고, 제2방면군장과 카이트 성의 성주가 적의 배후로 돌아 꼬리를 잡고, 제1방면군장과 낭뜨 성의 성주 역시 아래로 우회하여 적의 허리를 자르게 합니다. 이렇게 되면 적은 완벽하게 포위된 형국이 됩니다. 때문에 아무리 총사령관 각하께서 자신들을 제거하기로 했다 하지만 전투에 참여하지 않을 수 없을 것입니다. 이 모든 것은 실제이니 말입니다."

실제적인 작전.

작전이 성공한다면 폴라리스 왕국군의 침략을 막아내고, 자신의 반대 세력을 제거하면서, 바이큰 왕국에서 굳건하게 그 입지를 굳히는, 돌 하나로 새 세 마리를 잡는 격이었다.

하지만 실패한다 해도 결코 나쁘지 않았다. 작전의 선봉은 바로 감찰관의 수족들이니 그들이 패전을 한다면 그 즉시 화해의 손을 내밀면 된다. 다만 고민되는 것은 폴라리스 왕국의 세가 너무 강하다는 사실이었다.

협상은 팽팽하게 진행되어야만 한다. 그렇지 않으면 어쩔 수 없이 무게의 추가 강한 쪽으로 기울게 마련이다. 폴라리스 왕국의 밑으로 들어가고자 그들과 손을 잡는 것이 아니었다. 해서 반드시 대등한 관계를 유지해야만 했다.

　거기까지 생각이 미친 클레이튼 총사령관이 고개를 주억거렸다. 그에 군사장인 세이칼이 보충 설명을 이어갔다. 세이칼은 지금 클레이튼 총사령관이 무엇을 고민하고, 걱정하는지 알고 있었다.

　"우리에게는 서북 대평원의 부족이 있습니다. 물론 그들이 모두 총사령관 각하를 지지하는 것은 아니지만 말입니다. 그렇다 해도 폴라리스 왕국에 있어 서북 대평원의 부족들의 지지는 상당히 큰 힘이 될 것입니다."

　서북 대평원 부족들의 지지라면 분명 커다란 힘이 될 것임은 분명했다. 그것에 대해서는 이견을 제시할 수 없었다. 그러한 가운데 군사장 세이칼의 강력한 말투는 계속되었다.

　"때문에 이번 작전에 있어서 승리를 하든 패배를 하든, 우리에게 있어서 나쁜 점은 없습니다. 우리가 승리한다면, 왕국 내에서 사령관 각하의 입지는 더욱 굳건해질 것입니다. 그러나 전투에 패배하면, 상당히 골치가 아플 가능성이 있습니다. 그 연유는 바로 폴라리스 왕국군을 이끌고 있는 국왕의 성정이 어떠하냐에 따라 달라지기 때문입니다."

　군사장 세이칼의 발언에 제동을 건 것은 역시나 클레이튼 총사령관이었다. 평소 군사장의 발언에 별다른 제동을 걸지 않은 그인지라 지금과 같은 경우는 상당히 드문 경우라 할 수 있었다.

"지금까지 봐온 그의 성정은 그리 과격하지 않은 편으로 알고 있네만. 그가 과연 우리들의 제안과, 결과적으로 그를 이용했음을 알게 되었을 때 어떤 반응을 보일지가 중요하네."

그가 이번 일에 얼마나 많은 심력을 소모하고 있는지 보여주는 단적인 예라 할 수 있었다. 그것을 알기에 군사장인 세이칼 역시 충심을 다해 답했다.

"폴라리스 왕국의 입장에서는 받아들이지 않을 수 없을 것입니다. 만약 그들이 우리의 상상 이상으로 강하다 하더라도, 등 뒤에 비수를 두고 전쟁을 할 수는 없기 때문입니다."

군사장 세이칼의 말은 정확했다. 아무리 그들이 제국 이상으로 강해진다 해도 분명 등 뒤의 바이큰족은 껄끄럽게 그지없었다. 반드시 그들을 정벌하고, 대륙을 도모해야만 했다.

지금까지 조용히 듣고만 있던 제2방면군장인 호라티우스 크루커가 조심스럽게 자신의 입장을 표명했다.

"적을 이용해 적을 제거한다는 것은 좋으나, 어찌 보면 사령관 각하께서 그들의 뒤통수를 치는 격이 되어서 모양새가 좋지 않습니다. 이미 그 무력의 검증은 저를 통해 확인한 바, 앞날을 위해서라면 약간의 신뢰를 보여주는 것이 옳다고 봅니다."

제2방면군장인 크루커는 더 이상의 무력 검증보다는 이제는 서로의 신뢰를 쌓아가야 할 때라는 말을 했다. 그 또한 맞는 말이기에 클레이튼 총사령관은 고개를 주억거렸다.

그의 경험상 진정으로 친구가 되고 싶다면, 혹은 친구가 되기 위해서는 자신이 가진 진심을 보여주어야 한다. 클레이튼 총사령관의 개인적인 취향으로는 백번 제2방면군장이 의견에 손을 들어주었을 것이다.

하지만 자신의 사감으로 큰일을 결정할 수는 없었다. 제2방면군장은 전사로서, 군사장인 세이칼은 전략을 수립하는 자로서의 의견이었다. 그에 고민을 거듭하던 총사령관 드루실리우스 클레이튼의 입이 열렸다.

"그들에게 군사가 계획한 작전을 알려야 할 듯하네."

결국 클레이튼 총사령관은 제2방면군장인 크루커의 의견을 수렴하였다. 하지만 군사장인 세이칼의 작전을 무시한 것은 아니었다. 군사장 세이칼의 작전에 하나의 작전을 더했을 뿐.

"그러하면, 희생이 필요합니다."

총사령관의 말에 군사장 세이칼이 약간의 시간을 두고 조심스럽게 입을 열었다.

"희생이라 하면……."

"폴라리스 왕국으로 도망갈 사람이 필요합니다. 다행히 반대 세력이 제거되고, 우리가 폴라리스 왕국과 손을 잡는다면

상관없겠으나, 그렇지 않을 경우 그는 평생 바이큰족의 일원
이 될 수 없습니다."

결국 스스로 배신자가 될 자가 있어야 한다는 것이었다. 그
러하기에 희생이라 말한 것일 게다.

"제가 가겠습니다."

제2방면군장인 크루커였다. 그에 총사령관인 클레이튼과
군사장인 세이칼을 제외하고는 모두 해연히 놀라는 얼굴이
되었다. 그는 실질적으로 총사령관의 무력을 담당하는 자로
암암리에 인정되고 있었기 때문이었다.

모두 놀란 눈으로 자신을 처다봄에 제2방면군장인 크루커
는 담담하게 자신이 말을 이었다.

"저는 이미 한 번 그들에게 패했습니다. 또한, 사령관 각하
의 반대 세력에서 견제하고 있는 인물 중에 한 사람을 꼽으라
면 바로 저일 것입니다. 만약 제가 사령관 각하를 배신한다
면, 가장 좋아할 자는 바로 감찰관이 될 것입니다."

제2방면군장인 크루커의 말에 클레이튼 총사령관과 군사
장인 세이칼은 고개를 끄덕일 수밖에 없었다. 그들은 이것이
절호의 기회라고 생각할 것이다. 그리고 이번 군사장의 작전
에 대하여 추호의 의심조차 하지 않을 가능성이 높았다.

"잘못되면 자네는 평생 대평원으로 올 수 없음이네."

"알고 있습니다."

담담하게 말을 주고받는 두 사람이었다.

장내는 침묵했다. 충격도 충격이지만 지금 대화의 주인공은 그 두 사람이었기 때문이었다.

“미… 안하네.”

“모실 수 있어서 영광이었습니다.”

무겁게 고개를 끄덕이는 클레이튼 총사령관과 건조하지만 약간은 안면에 웃음기를 띠고 있는 제2방면군장인 크루커.

잠깐 그러한 크루커를 바라보던 클레이튼 총사령관의 시선이 군사장에게로 향했다.

“방법이 있는가?”

“패전의 책임을 물어 그를 강등시키고, 태형으로 다스려야 합니다.”

“그렇게까지……”

“저들을 속이기 위해서는 모든 것이 진실이어야만 합니다.”

“……”

클레이튼 총사령관은 망설였다. 자신을 위해 어쩌면 평생의 멍에가 될지 모를 곳으로 가는 사람이다. 그러한 사람에게 강등과 태형이라니.

“옳은 방법입니다. 그렇지 않으면 그들은 속지 않을 것입니다.”

크루커의 대답에 무거운 눈빛으로 그를 바라보는 클레이
튼 총사령관이었다.

"성공하면 되는 것 아니겠습니까? 사령관 각하께서는 심려
놓으셔도 될 것입니다. 제가 경험한 폴라리스 왕국의 국왕이
라면 가능할 것입니다."

무겁게 고개를 끄덕이는 클레이튼 총사령관. 그의 입이 열
렸다.

"그대로… 실행하게."

"명을 따릅니다."

모든 이가 일어서 클레이튼 총사령관의 명을 받았다. 그에
클레이튼 총사령관은 모두 물러나라는 듯이 손짓을 했다. 그
마음을 충분히 이해할 수 있었던 이들 역시 말없이 물러났다.

그들이 나가고 한참이 지나서야 클레이튼 총사령관이 의
자에 깊숙이 묻었던 몸을 일으켰다. 그가 천장까지 닿아 있는
거대한 창문 앞에 뒷짐을 지고 섰다.

"제발 크루커의 말대로 폴라리스 국왕 그대가 대단한 인물
이었으면 좋겠다. 그렇지 않으면 나는 정말 분노할지도 모를
일이다."

그 음성은 담담했으나, 그 속에 담긴 감정의 소용돌이는 소
름끼칠 만큼 무거웠다.

　　　　　　＊　　　＊　　　＊

"누가 와?"

"도브 평원에서 국왕 폐하와 대적했던 자입니다."

"그자가 왜?"

"아무래도 밀사이지 않겠습니까?"

"밀사라……."

그것은 상당히 중요한 말이었다. 칙사도 아니고, 특사도 아니고, 자그마치 밀사다. 밀사라는 것은 은밀함을 필요로 하는 자라는 것이었다.

"상태가 어떤데?"

"태형을 당하고, 제대로 된 치료를 하지 않았는지 상태가 상당히 악화되어 있습니다."

"그자는 최상급 중 최상급. 언제 마스터가 되어도 문제가 되지 않을 자야. 그런 자가 태형을 당하고 치료를 하지 않아 상태가 안 좋아?"

"일단은 외관상 그렇습니다."

이번에도 카림은 외관상이라 했다. 자꾸 어떤 의미를 두는 말을 하자 베르누크가 빤히 카림을 바라보았다.

"말 돌리지 말고 말해. 누구 궁금해 죽는 꼴 보고 싶어?"

그제야 카림은 빙긋 웃으며, 품속에서 둘둘 말린 양피지를 베르누크에게 건네주었다. 베르누크는 그 양피지를 낚아채 듯 빼앗아 읽어 내리기 시작했다.

얼핏 보기에도 상당히 장문임에도 불구하고 베르누크는 순식간에 읽어 내렸다. 마치 대충 대충 읽는 것처럼 읽어 내리더니 이내 카림에게 양피지를 넘겼다.

카림 역시 건성으로 읽는 듯 빠르게 양피지를 읽었고, 이내 양피지를 다시 말아 탁자 위에 올려놓았다.

"결론은 적을 속이기 위해 자신의 팔을 잘랐다는 말이네."

"그렇습니다."

"어떻게 생각해?"

"생각해 볼 필요조차 없습니다."

베르누크의 물음에 즉각적으로 답을 하는 카림이었다. 그에 베르누크 역시 고개를 주억거렸다.

"확실히 그렇지?"

"물론 서북 대평원에 남아 있는 부족 전체가 던가드의 총사령관을 따르지는 않을 것이니, 아마도 이번 전투가 끝나면 그쪽도 신경을 써야 할 것입니다. 자칫 잘못하면 위와 아래에서 협공을 당할 수도 있으니 말입니다."

카림의 말은 이왕 나서는 김에 서북 대평원까지 확실하게 정리를 하자는 것이었다. 은혜를 입히려면 확실하게 입혀야 한다. 도저히 다 갚을 수 없을 정도로 말이다.

"후미는 레너드가 롬멜 백작과 협공을 하고, 남쪽의 허리를 노리는 자들은 제이에게 맡기되 군사로 프리어스 자작을 붙이도록 하지. 정면의 난전은 용병 출신의 기사들과 병사들을 중심으로 배치하고 말이지."

단박에 공략까지 짚어내는 베르누크였다. 어렵지 않았다. 이미 적에 대한 모든 정보를 알고 있음에 배치나 혹은 작전을 계획하는 것은 지극히 쉬웠다.

"후방과 남쪽에 마법사단을 고루 분포시키는 것이 좋을 듯합니다. 정면은 정령 마검사이신 국왕 폐하께서 계시니 마법사단이 특별하게 필요하지는 않을 듯합니다."

"나를 너무 막 부려먹는 거 아닌가? 그래도 국왕인데."

카림의 첨언에 뚱하니 볼멘소리를 하는 베르누크였다. 하지만 카림에게는 어림도 없는 소리였다.

"이참에 정령사를 키우심이 어떠할는지요."

"정령사?"

"그렇습니다."

"흐음……."

카림의 말에 팔짱을 끼고 생각에 잠기는 베르누크였다. 그동안 그저 지나쳤지만 귀족이나 병사들 혹은 기사들 중에 정령사의 소질이 있는 자들이 다분히 보였다.

기실 정령사는 선천적이라고 할 수 있었다. 정령과의 친화력 때문인데, 이 친화력이 없으면 절대적으로 정령사가 될 수 없었다. 그리고 중요한 것은 정령사는 상당한 정신력을 소모한다는 점이었다.

그러함에 정령사가 극히 드물고, 지금에 와서는 정령사는 대륙에서 찾아보기가 드물 정도로 거의 사라졌다고 해도 과언이 아니었다. 만약 정령사라는 존재가 있기만 하다면, 전략적으로 굉장한 보탬이 되는 것은 말할 것도 없을 것이다.

하지만 마법사가 만에 한 명이라면, 정령사는 십만에 한 명 정도니 사실 카림 역시 그리 크게 기대하지는 않았다. 베르누크가 정령까지 다룰 줄 알고, 베르누크가 정령술을 펼치는 모습을 몇 번 본 후로 정령 부대가 있으면 좋겠다 싶어 이번 기회에 슬쩍 일러본 것이었다.

한데 의외로 베르누크 역시 그 생각을 하고 있었던지 카림의 말이 나오자 깊이 생각하는 모습이었다. 그 모습을 카림은 기대 어린 눈동자로 바라보고 있었다.

"몇몇이 있기는 한데……. 몇 명 있다고 도움이 되겠어?"

"몇 명이 되었든, 설사 한두 명이라도 더 있으면 작전을 펼치는 데 상당한 도움이 됩니다. 한데, 정말 있기는 있습니까?"

"지금 진중에 있는 귀족 중에는 정령 친화력이 있는 귀족이 두 명 정도가 있어."

"되었습니다. 일단 그들에게라도 정령술을 가르쳐 주는 것이 어떻겠습니까? 저들이 움직이려면 아무래도 약간의 시간이 필요하니 말입니다."

의외로 적극적으로 나서는 카림의 행동에 오히려 의아한 모습을 보이는 베르누크였다.

"지금 정령술을 익혀서 바로 그들을 작전에 투입할 수는 없어."

"알고 있습니다."

"그런데 왜?"

"어디 전쟁이 이번 한 번뿐이겠습니까? 문제는 지금 현재 아국의 전력은 상당히 많이 노출 되었다는 것입니다. 적들이 모르는 전력이 있다면, 작전 구사에 있어서 상당히 많은 도움이 될 뿐 아니라 적을 이길 수 있는 필승의 전략이 될 수 있기 때문입니다."

카림은 이미 다음을 생각하고 있었다. 폴라리스 왕국의 현 전력은 많이 알려져 있었다. 쪼개진 네 개의 왕국 중에 가장 많은 마법 전력을 보유하고 있다는 것은 이미 알려진 사실. 너무 드러나 있다는 것이다.

해서 지금 카림은 그들이 모르는 전력을 다시 구상하고 있는 것이었다. 카림이 직접적으로 베르누크에게 말을 꺼냈을 때는 어느 정도 구상이 마쳐진 상태라고 봐도 무방할 것이다.

"일단은 이번 전투에 집중하도록 하지. 던가드와의 모든 것이 결정 난 후 정령사 부대는 그때 가서 결정하는 것이 좋을 듯하군. 정령사라는 것이 마법사보다 더 힘든 것임을 자네도 알 것이니 말이지."

베르누크의 의견이 타당하였다. 지금은 전쟁 중이다. 하니 지금은 전쟁에 집중하는 것이 맞다. 그리고 정령사라는 것이 의식을 치른다고 해서 반드시 되는 것도 아니다.

"국왕 폐하의 뜻에 따르겠습니다."

"작전회의를 소집하도록 하지. 최소한의 피해로 던가드와 서북 대평원의 바이큰족을 얻을 수 있다면 성의를 보여주어야 하니까."

"국왕 폐하의 뜻대로."

카림이 일어나 막사를 벗어났다. 베르누크의 뜻을 알림과 동시에 더욱 세세한 작전을 계획하기 위해 작전회의가 있기 전 군사부 전략 회의를 소집해 전략을 수립해야 했기 때문이었다.

카림이 나가는 모습을 바라보는 베르누크. 그의 눈동자가 심유하게 가라앉았다.

그 모습이 너무도 고독하여 환하게 밝혀진 지휘 막사의 밝음조차 고독을 조명하는 것처럼 느껴졌다.

"부디 많은 피가 흐르지 않기를 바랄 뿐."

혼자만이 독백이 괴괴로운 막사를 음울하게 채워갔다.

*　　　*　　　*

누구에게는 약속된 장소이고 누구에게는 결전의 장소가 되어버린, 던가드 방벽의 서측과 중앙을 잇는 투아레그 지역.

협곡이라 하기에는 너무 넓고 평야라고 하기에는 좁으나, 좌우로 구불구불하고, 고개를 쳐들어야 겨우 볼 수 있을 정도의 위험천만하고 아찔한 산세 덕택에 방어와 공격이 대단히 용이한 지역이었다.

한데 지금 던가드 성벽을 지키던 병사는 그러한 이점을 버리고, 던가드로 향하는 길목을 틀어막고 진을 치고 있었다. 마치 얼마든지 덤벼봐라 하는 듯이 말이다.

"어떻소, 크잔틴 감찰관. 선봉에 서실 수 있겠소?"

"………"

던가드 성벽의 감찰관인 이소크라테스 크잔틴은 말이 없었다. 그저 냉정하게 전방에 진세를 펼치고 있는 폴라리스 왕국군과 투아레그 지역을 훑어보고 있었다.

"본관은 왜 이 훌륭한 곳을 이용치 아니하고, 이렇게 정면으로 저들과 맞서는지 이해가 안 되오."

크잔틴 감찰관의 다소 격앙된 목소리에 마치 비웃듯이 피

식 웃어버린 클레이튼 총사령관이었다. 마치 그것도 모르냐
는 듯이 말이다. 그에 크잔틴 감찰관의 표정이 다소 굳어졌
다.

"생각을 해보시오. 저들이 과연 이곳의 지형을 모를 것이
라 할 수 있소? 그들은 북부를 지키는 자들이오. 그들이 이곳
의 지형을 모른다는 것은 있을 수 없는 일이오."

"그것과 지금 이 말도 안 되는 상황과 대체 무엇이 연관성
이 있다는 말이오?"

그에 입가에 비웃음을 지우고 진중한 얼굴로 그저 지나가
듯 설명을 해 나가는 클레이튼 총사령관이었다.

"우리는 미끼요. 저들의 배후와 허리를 자를 시간을 벌기
위한 미끼 말이오. 이곳 투아레그의 좌우에 병력을 배치시키
고 저들을 기다렸다면, 과연 저들이 이렇게 깊숙이 진형을 벌
릴 수 있었을 것이라 생각하오?"

클레이튼 총사령관의 말에 크잔틴 감찰관은 말이 없었다.
아무리 작전을 모른다 해도 그것은 상식이었다. 적들을 끌어
들이기 위해서는 그만큼의 위험이 있어야만 했다.

클레이튼 총사령관은 적을 완전하게 포위 섬멸하기 위해
스스로 미끼가 되었던 것이다. 또한, 폴라리스 왕국군이 저리
도 허술하다면 이 작전은 분명 성공할 것처럼 보였다.

하지만 크잔틴 감찰관은 망설였다. 그에 클레이튼 총사령

관은 싫으면 말라는 식으로 말을 하고 나왔다.

"원하신다면 뒤에 남아도 좋소. 오랜만에 선두에 서 말을 달릴 수 있는 기회를 나에게 준다면 고맙게 받겠소."

"아, 아니오. 본인이 직접 나서겠소."

"오~ 그렇소? 그렇다면 크잔틴 감찰관이 대동한 1만의 병력으로 선봉에 서시겠소? 물론 적당히 싸우다 못 이기는 척 저들을 꾀어내야만 하오. 적의 선봉을 끌어내고, 선봉을 따라 들어오는 적의 허리를 자름과 동시에 적의 후미에 공격이 있을 시 반전하여 적을 치면 되오."

클레이튼 총사령관의 말에는 어떠한 의심점도 찾아볼 수 없었다. 그에 희미하게 미소를 짓는 크잔틴 감찰관이었다. 오랫동안 묵혀 두었던 전사의 피가 슬슬 끓어오르고 있었기 때문이었다.

가벼운 흥분.

승리에 대한 확신이 들자 가벼운 흥분이 일었다. 그에 오랜만에 입가에 훈훈한 미소가 감도는 것이었다.

클레이튼 총사령관 역시 마주 웃어주었다. 그 미소는 매우 모호하여, 어찌 보면 부럽다는 미소일 수도, 어찌 보면 가식적인 미소로 보일 수도 있었다.

"하면, 서전을 부탁하겠소."

"맡겨두시오."

오랜만에 만끽하는 흥분이었던지 크잔틴 감찰관은 클레이
튼 총사령관의 웃음을 미처 볼 수 없었다. 그는 이미 말을 몰
아 자신이 대동한 1만의 병력 앞으로 내달리고 있었기 때문
이었다.

"되었군."

그 모습에 고개를 주억거리는 클레이튼 총사령관이었다.
그에 지금껏 멀리서 둘을 지켜보던 군사장 세이칼이 말을 몰
아 조심스럽게 다가왔다. 고개조차 돌리지 않고, 군사장 세이
칼에게 명을 내리는 클레이튼 총사령관이었다.

"작전대로 행한다. 만약 폴라리스 왕국군이 밀린다 싶으면
전군을 동원하여 그들을 칠 것이고, 그들이 우세하다면 패주
하여 오는 크잔틴 감찰관을 칠 것이다."

그러한 그가 바라보는 곳은 가장 선봉으로 나설 준비를 하
고 있는 크잔틴 감찰관의 병력이 있는 곳이었다. 그곳을 바라
보던 클레이튼 총사령관은 이내 그보다 훨씬 더 멀리 떨어져
있는 곳으로 눈이 향했다.

그 먼 거리를 격하고 느껴지는 눈길. 그에 클레이튼 총사령
관이 흠칫 몸을 떨었다.

'설마 저 먼 거리에서 나를 보고 있는 것인가?

클레이튼 총사령관의 감각을 짜르르하게 자극하는 그 느
낌. 그것은 느낌이 아니라 사실이었다. 지금 베르누크는 모두

를 제치고 클레이튼 총사령관을 바라보고 있었다.

베르누크는 지금 적이 펼친 진형을 면밀히 살펴보고 있었다. 대략 15만 정도의 병력. 그중 선봉이 1만이고, 선봉의 뒤를 받치는 병력이 5만 정도였다.

그 뒤 일정 거리를 두고, 진형의 좌우측 끝에 경기병, 즉 말을 탄 전사가 각기 2만 정도가 대기하고 있었다. 그 중간에 1천 명 단위로 정사각형의 모양으로 진형을 구축하고 있었다.

하지만 그 와중에 궁수부대는 없었다. 넓다고는 하지만 대략 25만에 가까운 대병력이 전투를 치르는 곳에 궁수부대가 없었다. 또한 좌우로 깍아지르듯 솟아 있는 절벽 위에도 병력은 없었다.

"베인 후작이 접전을 시작했다 하옵니다. 그에 맞춰 롬멜 백작 역시 군을 움직였으며, 브레이커 후작 역시 작전에 돌입했다 하옵니다."

"음."

카림의 보고에 시선은 여전히 전방의 적병을 바라보며, 고개를 끄덕인 베르누크였다. 누구는 모르고 있으나 누구는 그 세세한 내막까지 모두 알고 있는 전투다. 지려야 질 수가 없는 전투였다.

지금 적과 마주하고 있는 베르누크에게 중요한 것은 압도적인 힘이다. 저들의 모든 움직임을 알고 있음에도 불구하고 힘겹게 승리한다면, 앞으로 있을 협상에 있어 그 중심의 축이 기울어질 수밖에 없었다.

"준비는?"

"완벽하옵니다."

곁에 있던 카림의 말에 고개를 끄덕이는 베르누크였다. 그러한 카림의 옆에는 이제는 그의 개인 호위기사가 되어버린 유리 바실리코프 남작이 굳건히 서 있었고, 그 외 세 명의 마법사와 열 명의 기사가 겹겹이 둘러싸고 있었다.

그에 베르누크는 서서히 말을 몰아 앞으로 나아갔다. 그에 카림은 뒤로 빠졌고, 그 옆을 테레지아 백작과 바티스타 백작이 채웠다. 그 뒤로는 몇 명이 빠진 블러디 나이츠와 1만의 경기병이 말을 몰아 앞으로 나아갔다.

어느 정도 말을 몰아 나간 베르누크는 점점 속도를 내기 시작했다. 그에 모든 이가 마치 사전에 약속이나 한 듯이 베르누크를 따라 속도를 내었고, 이내 커다란 함성이 일었다.

"전구운! 돌겨어어억!"

"돌겨어억!"

"우와아아아~"

양 측에서 거센 기세가 피어올랐다. 사방으로 치솟아 오르는 살기는 살아 있는 생명체를 모두 말살해 버릴 듯 날카롭게 광포하기 그지없었다. 가장 선두에 서 적을 향해 돌격을 외치던 베르누크는 어느새 할버드를 회수하고, 말 안장 뒤에 있던 중간 크기의 창을 꺼내 들었다.

그의 눈에 보이는 것은 역시 가장 선두에 서서 호호탕탕하게 자신들을 향해 쇄도해 들어오고 있는 크잔틴 감찰관이었다. 창을 들었던 베르누크가 팔을 뒤로 한껏 제낀 후 힘차게 앞으로 뿌렸다.

쐐에에에엑!

눈에 보이지도 않을 정도 빠르게 날아가는 창은 그 먼 거리를 격하고, 순식간에 크잔틴 감찰관의 면전에 도달했다.

"허억!"

크잔틴 감찰관은 다가오는 창의 기세가 너무 무서워 감히 막을 생각조차 하지 못하고, 허리를 숙여 창을 피했다. 하지만, 그가 피함으로써 입은 피해는 막대했다.

콰직!

"크허어어억!"

마치 꼬치에 꿰인 것처럼 연달아 세 명의 전사가 그대로 심장이 꿰뚫리며 죽어갔다. 그러고도 힘이 남아도는지 여전히 맹렬하게 일직선으로 나아가는 베르누크의 창이었다.

콰차장!

그러던 중 누군가가 맹렬하게 쇄도하는 창의 중간을 베어버렸다. 그제야 힘을 잃고 땅에 꽂힌 창은 아직도 여력이 남았는지 부르르 떨고 있었다.

그러한 와중에 드디어 가장 선두 열이 검을 맞대기 시작했다.

"크와아아악!"

"죽여!"

"우와아아악!"

그때 번쩍 정신을 차린 크잔틴 감찰관이었다. 그의 얼굴은 지금 분노로 얼룩졌다. 아무리 무섭게 쇄도하는 창이라 하지만 그것을 막아내지 못하고, 마음이 급급하여 허리를 숙여 피하다니 있을 수 없는 일이었다.

"이노오오옴!"

그에 커다랗게 고함을 내지르며, 베르누크를 향해 만월도를 휘두르는 크잔틴 감찰관이었다. 비록 감찰관이라고는 하지만 본시 전사였던지라 그의 만월도는 날카롭고 선명한 오러 얀이 전개되고 있었다.

하지만 그것은 어찌 보면 만용에 가까웠다. 이미 베르누크의 경지는 오러 얀조차 쪼개 버릴 정도의 경지. 곧이어 크잔틴 감찰관은 분노와 만용의 결과가 어떠한 것인지 직접 경험할 수밖에 없었다.

서걱!

투후욱!

오러 얀과 검과 몸이 한꺼번에 잘려 나가는 크잔틴 감찰관. 그는 경악의 표정조차 혹은 커다란 비명조차 지르지 못하고, 말 아래로 목을 떨구어야만 했다.

너무나도 허무한 죽음.

이미 사방은 죽음과 피로 점철되어 있었다. 비록 그들의 지휘관인 크잔틴 감찰관이 죽었으나, 그의 죽음을 애도하고 슬퍼하는 자들은 없었다. 그럴 겨를조차 없었다.

콰지지직!

"크와아아악!"

베르누크의 곁을 그림자처럼 따르고 있는 테레지아 백작의 바스타드 소드가 바이큰족의 전사를 둘로 갈랐다. 뒤늦게 비명을 지르고 뒤늦게 피가 사방으로 튀어올랐지만 이미 그 전사를 벤 테레지아 백작은 그곳에 없었다.

투후우웅! 쿠드드득!

무언가에 막히고, 무너지는 듯한 소리가 들려왔다. 그 소리가 들려오는 곳은 다름 아닌 바티스타 백작이 있는 곳이었다.

몸 전체를 가릴 것 같은 커다란 방패에 다른 사람들은 두 손으로 들어야 하는 투 핸디드 소드를 한 손으로 들고 휘두르고 있는 바티스타 백작.

바티스타 백작은 타는 말조차 없었다. 그는 제이 브레이커 백작만큼이나 커다란 덩치를 가지고 있어, 그에 맞는 말조차 없었기 때문이었다.

하나, 그저 맨발로 다님에도 불구하고 그는 말보다 빠르게 움직이고 있었다.

바티스타 백작은 냉정했다. 일개 평민에서 북부를 다스리는 폴라리스 왕국의 단승 백작이 되었음에도 불구하고, 그는 귀족이라는 신분보다는 폴라리스 왕국을 이끄는 국왕의 일개 수신호위이기를 원했다.

그러한 그가 자신의 절대적인 신념인 국왕에게 도전하는 자를 살려둘 리는 만무하였다. 보통 방패라면 방어를 위한 것이라 생각하지만 바티스타에게 있어서 방패는 공격과 방어를 자유자재로 할 수 있는 좀 넓고 큰 무기라 할 수 있었다.

지금 바이큰족의 전사는 황당하기 이를 데 없었다. 투 핸디드 소드를 한 손으로 다루고 말을 타지 않았음에도 말을 탄 자들과 같은 신장을 지닌 자. 그리고 그 몸 전체를 가릴 만한 방패를 마치 원반 던지듯 던져 전사들의 목숨을 취하는 이 괴물 같은 자 때문이었다.

"이놈! 죽어랏!"

전사는 특이하게 바이큰족이 들고 다니는 만월도를 들지 않고 엄청나게 큰 도끼를 들고 있었다. 그 또한 남다른 체구를 가지고 있었으나, 바티스타에 비하면 조족지혈일 뿐.

보기에도 육중해 보이는 커다란 양날의 도끼를 들고 커다란 소리를 지르며 쇄도해 오는 전사를 보는 바티스타는 냉정했다. 급작스런 공격임에도 불구하고 침착하기 그지없었다.

콰아아앙!

무슨 커다란 종이 터져 나가는 소리가 주변을 울렸다. 어찌나 그 소리가 크던지 서로 죽고 죽이는 악다구니의 속에서도, 몇몇의 전사와 병사가 그들을 쳐다볼 정도였다.

그때 바티스타의 얼굴에 떠오르는 차가운 냉소. 힘이 있으나 너무 굼뜨다. 이러한 자는 오히려 상대하기가 쉬웠다. 그런 차가운 냉소를 접한 전사는 분기탱천하였다.

"이익! 이놈!"

노호성을 터뜨리며, 바티스타를 향해 오러 안을 시전하는 전사였다. 분명 바티스타의 눈에는 그가 느려터졌으나, 다른 이들에게 있어서 전사의 움직임은 그야말로 전광석화와 같았다.

바티스타가 있는 곳으로부터 거의 3미터가 넘는 지점까지 뛰어오르며 전사가 육중한 양날 도끼를 내려쳤다. 하지만 이미 기다리고 있던 바티스타의 방패에 도끼질이 제지당하고, 그 충격에 착지가 불안한 전사의 옆구리로 깊숙한 무언가가 삐죽히 튀어 나왔다.

"크허어억!"

"잘 가라!"

촤하아아악! 후두두둑!

전사의 옆구리를 관통한 투 핸디드 소드를 그대로 옆으로 그어버리는 바티스타였다. 잔인했다. 뼈와 근육이 한꺼번에 잘려 쩍 벌어진 상처에서는 내장과 함께 피가 솟구쳐 바티스타의 방패를 적셨다.

잔인함의 극을 이루는 장면. 하지만 여전히 냉담한 바티스타의 태도에 전사들은 공포를 느껴야만 했다. 지옥의 악귀와 같은 모습에 기가 질려 버린 전사들이 슬금슬금 뒷걸음질 쳤다.

"나는 폴라리스 왕국의 제2호위기사 데이브 바티스타 백작이다. 오너라! 초원의 전사들이여!"

커다란 울부짖음이 투아레그를 뒤흔들었다. 그 소리는 적군도 아군도 모두 들을 수 있을 정도로 커다랗고 광폭해서 적에게는 무한의 공포를, 아군에게는 끝도 없는 사기를 전해주었다.

그러한 바티스타 백작의 울부짖음에 피식 웃음을 지어버리는 베르누크였다. 제1도 아닌 제2였다. 제1은 제이 브레이커가 있기에 스스로 제2의 호위기사를 자청한 데이브 바티스타였다.

그러한 생각을 하는 베르누크의 입은 웃고 있었지만, 여전히 그의 두 눈동자는 싸늘했다. 마치 성의 없이 휘두르는 그의 할버드에 수많은 전사의 목이 베어지고, 심장이 꿰뚫리고 있었기 때문이었다.

대략 30에서 40분가량을 격하게 움직였음에도 불구하고 베르누크는 지친 기색 하나 없고, 땀 한 방울조차 흘리지 않고 있었다. 이미 지휘관을 잃은 전사들은 별다른 명령이 없음에 후퇴도 하지 못하고, 마치 죽을 것처럼 싸우고 또 싸웠다.

사슴 가죽을 말아두었던 만월도의 손잡이는 이미 피에 절어 질척해 핏물이 배어 나왔고, 너무나도 막대한 힘을 소모한 탓인지 손과 발이 어지러워지며 적을 제대로 상대조차 하지 못하고 있었다.

"물러서지 마라! 물러서지 마라!"

"곧 본대가 도착할 것이다! 싸워라!"

"죽여! 죽이란 말이다!"

개중 십부장이나 혹은 백부장, 천부장의 위치에 있는 이들은 연신 고래고래 고함을 지르며, 전사들을 독려하였다. 하나 이미 전의를 상실하고, 베르누크와 데이브, 그리고 테레지아 백작의 무위에 겁을 집어 먹은 전사들은 연신 뒷걸음질 치기 바빴다.

그러나 아직 사기가 떨어지지 않은 자들도 분명 있었다. 한 명의 전사가 커다란 고함성을 지르며, 베르누크를 향해 득달같이 달려들었다. 이미 그들의 눈에도 베르누크는 폴라리스 왕국군의 수장으로 보였기 때문이었다.

"이놈! 나는 바이른 왕국의 감찰전대 천부장 라이코스 카르만이라 한다. 자신 있다면 나와 겨뤄보자꾸나!"

호기롭게 외치며 베르누크를 향해 달려드는 전사에게 데이브가 나서려 했지만 베르누크가 그의 팔을 잡아 당겼다. 그에 그 전사를 직접 상대하고자 한다는 베르누크의 의도를 안 데이브는 이내 주변의 전사들에게로 시선을 돌렸다.

"나는 폴라리스 왕국의 국왕 베르누크 아이젠 폰 캘리노스 폴라리스라 한다. 승부를 받아들인다."

"뭐?"

베르누크의 소개에 멍한 표정을 짓는 전사였다. 설마하니 일국의 국왕이 가장 선두에서, 그리고 이런 난전에 나설 줄은 몰랐기 때문이었다. 기껏해야 잘나신 귀족 나부랭이인 줄 알았던 것이다.

"국왕이라고 하니 갑자기 자신이 없어지는 것인가?"

"무슨 소리!"

불안한 표정을 감추며 말의 배를 차 득달같이 내달리며 수중의 창을 앞으로 지르는 전사였다. 천부장임에도 불구하고 실력이 출중했던 탓인지 그의 창에는 오러 얀이 시전되어 있었다.

그와 동시에 베르누크의 할버드 역시 움직였다. 창보다 늦은 출수였지만 다가오는 창보다 먼저 도착하여 질러오는 창대를 쳐 멀리 밀쳤다. 곧장 할버드를 한 바퀴 크게 돌린 베르누크는 할버드의 손잡이의 뽀족한 끝으로 전사의 심장을 찔러갔다.

"으헛!"

다급성을 내지르던 전사는 이내 몸을 뒤집어 뽀족한 끝을 피했으나 이내 쇄도해 오는 할버드의 시퍼런 도끼날에 의해 피를 튀기며 죽음을 맞이하고 말았다.

"끄륵!"

천부장의 한 명이 죽었다.

선봉부대의 기세는 더욱 위축되었다. 아무리 기다려도 본대가 오지 않았다.

그제야 살아남은 천부장 이하 모든 전사는 알 수 있었다.

이곳이 자신들이 묻혀야만 할 곳이라는 것을 말이다.

그에 발악적으로 폴라리스 왕국군을 향해 달려들어 보았지만 이미 모든 상황은 끝나가고 있었다. 뒤를 든든히 받쳐주는 아군이었던 던가드의 병력이 자신들의 후미를 그대로 들이쳐 아군에게도, 적군에게도 모두 죽임을 당할 수밖에 없었다.

그렇게 무려 1만이라는 희생자를 내며 투아레그 전투는 막을 내렸다. 그 잔인한 과정에 누구 하나 한탄하는 이 없었다. 그저 당연하다는 듯이 전쟁을 치렀고, 줄을 잘 타 살아남음에 신께 고마움을 전할 뿐이었다.

CHAPTER
06
새로운 전력

Knight King

드디어 만났다.

폴라리스 왕국의 국왕이자 나이트 킹이며 북부의 별을 말이다. 그에 던가드 성벽 수비 총사령관인 드루실리우스 클레이튼의 눈가가 잘게 떨었다. 이길 줄은 알았지만 이렇게 완벽하게 승리할 줄은 몰랐다.

적은 1만의 격돌에서 부상자조차 없었다. 있다면 가벼운 찰과상 정도. 그만큼 무력의 차이가 컸음을 분명히 하는 일전이었다. 물론 모든 작전을 알려주었고, 뒤늦게 본진을 움직여 크잔틴 감찰관이 이끄는 선봉 부대를 협공하기는 했지만 그렇다 해도 부상자도 없을 줄은 몰랐다.

실로 압도적인 일전이었음은 분명하였다. 오히려 그런 압도적인 힘을 지녔음에도 자신들의 의견을 받아준 폴라리스 왕국의 국왕의 저의가 의심스러울 지경이었다.

"후방은 어찌 되었다던가?"

베르누크의 물음에 언제 다가왔는지 본대를 이끌고 나타난 카림이 조심스럽게 입을 떼었다.

"베인 후작께서 이끄는 일군은 롬멜 백작과 협공하여 카이트 성 성주의 목을 쳤고, 7만의 병력 중 3만을 포로로 잡았사옵고, 브레이커 백작께서 이끄는 일군은 낭뜨 성의 성주가 이끄는 병력 3만 중 1만의 포로를 잡았다 하옵니다."

"좋군. 하면, 아군의 피해는 어떠하던가?"

베르누크의 물음에 역시 담담하게 피해 상황을 보고하는 카림이었다. 마치 한 편의 연극을 보는 듯한 둘의 행동이었으나 클레이튼 총사령관과 그를 따르는 전사들은 그러한 것을 볼 겨를조차 없었다.

지금 자신들이 두 눈으로 똑바로 본 상황도 믿지 못할 결과이거늘, 지금 전해 들은 결과는 입을 떡 벌어지게 만들고 있었기 때문이었다.

'마법! 이것은 마법의 힘이다.'

'마법이라는 것! 진정 무서운 힘이로구나!'

그 순간 클레이튼 총사령관과 그를 따르는 모든 이의 머리에 동시에 떠오르는 단어는 단 하나였다.

바로 마법이라는 단어 말이다.

이리도 신속하게 전해지는 소식과 18만에 이르는 대군을 움직임에도 불구하고 사망자가 겨우 1백을 헤아리니 당연히 그러할 밖에 없었다.

'폴라리스의 국왕은 진정 무서운 자로구나. 적으로 만나지 않은 것이 고마울 정도이다.'

이것이 진정 어린 클레이튼 총사령관의 생각이었다. 대등한 입장을 고수하고자 했으나, 이미 이 한 번의 일전으로 대등한 입장은 물 건너간 상황이었다. 압도적인 힘에 이미 모든 전사의 뇌리에 각인된 강함에 대한 경외감 때문이었다.

"이런! 죄송하게 되었소. 초면에 짐이 무례를 저지른 것은 아닌지 모르겠소."

은근슬쩍 협박과 과시를 한 베르누크의 엉큼한 행동을 모르는 바가 아닌 클레이튼 총사령관이었으나, 이미 모든 주도권은 베르누크에게 넘어간 후였다. 그에 클레이튼 총사령관의 옆에서 조용히 시립하고 있던 군사장 세이칼은 속으로 가슴을 치고 있었다.

'애초에 그는 머리로 재단할 인물이 아니었구나.'

그러했다. 스스로도 백전노장이라 생각하고 있었으나, 베르누크와 그의 옆을 지키고 있는 군사를 보았을 때 이미 세이칼은 자신의 패배를 절절하게 느끼고 있어야만 했다.

"괘념치 마시길. 이미 도움을 받은 입장. 복종시키지 않고, 동맹자로서 대함에도 과분할 지경입니다."

클레이튼 총사령관의 말에 싱긋 웃는 베르누크였다. 이미 납작 엎드렸는데 밟을 필요성을 느끼지 못한 탓이었다. 그것은 그만큼 클레이튼 총사령관이 노회하다는 증거일 것이다.

"일단은 군과 전장을 정리하도록 하고, 저들에게 보이려면 짐이 승리자가 되어야 함에 본성에 들 때까지 고초가 있다 하더라도 인내하여 주시길 바라오."

"제가 선택한 길입니다. 따르겠습니다."

그에 폴라리스 왕국군은 바이큰 왕국의 병력들을 무장해제 시키고, 그들을 포로로서 대우했다. 이곳이 전장이고, 바이큰 왕국의 중앙으로부터 멀어져 있다 하나, 혹은 반대 세력이 모두 제거되었다고 하나, 간자가 없을 수는 없기 때문이었다.

때문에 마주하지는 않고, 한 명의 마상에서 한 명의 바닥에 무릎을 꿇고 있었다. 클레이튼 총사령관과 그를 따르는 지휘부를 이루는 전사는 포로이나 귀족에 준하여 대우하였음이니 그 일련의 행동은 전략적인 동맹을 맺은 이들처럼 보이지 않았다.

마치 승자로서 당연히 해야만 할 그러한 행동을 하고 있었기에 간자가 있다 하여도, 혹은 정보 길드의 길드원이 있다 하여도 승자와 패자가 있을 뿐, 전략적인 동맹자가 있는 것은 아니었다.

이로써 바이큰 왕국과 본토를 잇는 가장 중요한 길목 던가드 성벽이 폴라리스 왕국의 손에 떨어졌다. 그 소문은 순식간 지금 전쟁을 한창 치르고 있는 바이큰 왕국과 이스턴 왕국, 그리고 히르센 왕국까지 전해지고 있었다.

그에 갑자기 네 왕국의 전쟁은 소강상태로 접어들었다. 연전연패를 당하고 있던 이스턴 왕국과 히르센 왕국은 가슴을 쓸어내리며 한숨을 돌렸다. 본토와 연결하는 든든한 성벽이 이제는 뒤통수의 비수가 되어 다가온 순간 바이큰 왕국은 크게 당황하여 섣불리 행동할 수 없었다.

그 덕분에 전쟁이 소강상태로 접어든 것이었다.

하지만 정작 세 왕국의 전쟁을 일시에 소강상태로 만들어 버린 주동자가 모여 있는 던가드는 조용하기 이를 데 없었다. 마치 아무런 일도 벌이지 않았다는 듯이 말이다.

하지만 외견상 조용할 뿐, 던가드에는 지금 두 세력이 있어 끊임없이 서로를 견제하고 있었다. 그 세력은 다름 아닌 베르누크가 이끄는 폴라리스 왕국군과 클라이튼 총사령관이 이끄는 바이큰 왕국군이었다.

외견상 그들은 동맹 관계였다. 누가 위고 누가 아래라는 것이 아닌 평등한 동맹 관계 말이다. 하지만 그것은 말뿐, 실제로 폴라리스 왕국군이 느끼는 감정과 바이큰 왕국군이 느끼는 것은 완전히 상반되어 있었다.

폴라리스 왕국군은 투아레그 전투에서 완벽하게 승리했다. 물론 그 모든 정보는 바이큰 왕국군이 전해주어서 가능했지만, 그렇다 해도 전사자가 백 단위에 꼽을 정도면 실로 대단한 승리라 할 수 있었다.

거기에 결정적으로 클라이튼 총사령관이 이끄는 본대는 베르누크가 이끄는 1만의 정예의 무력을 충분히 견식했다. 투아레그 전투에서 그들을 볼 수 있었다.

베르누크가 왜 적에게 악마왕이라 불리며, 우군에게는 나이트 킹이라 불리는지 말이다. 그리고 그를 따르는 기사들이 왜 피의 기사들인지 알 수 있었다.

정당한 동맹 관계이나, 이미 정당한 동맹 관계가 아님을 그들 스스로가 더 잘 알고 있었다. 다만 폴라리스 왕국군은 결코 드러내지 않았다. 최고 높은 국왕에서부터 가장 말단인 신병조차도 말이다.

클레이튼 총사령관은 폴라리스 왕국이 왜 강한지 알 것 같았다. 그들은 최고에서부터 최저에 이르기까지 모두가 한마음이었다. 병사들마저 같은 곳을 바라보고 있으니, 당연히 강할 수밖에 없었다.

"요는 병력이 필요하다는 것이오?"

지금 베르누크는 던가드의 총사령관인 드루실리우스 클레이튼과 대화를 하고 있었다. 베르누크의 뒤에는 카림이 있었고, 클레이튼 총사령관의 뒤에는 군사장인 세이칼이 있었다.

"그렇습니다."

"병력이라면, 바이큰 왕국군이 더 많은 듯싶소만."

당연히 던가드 성벽을 지키는 병력이 더 많다. 애초에 40만에 이르는 병력이었으니 말이다. 하지만 던가드 성벽을 지키는 병력 중 전사의 수는 그리 많지 않다.

40만의 병력은 던가드 성벽을 지키는 총 병력이다. 그중 크잔틴 감찰관의 편에 선 병력이 20만 정도였다. 세력이 백중세였다는 것을 말함이다. 하지만 이번 전쟁으로 서부 2개 성과 동부 3개 성이 함락되고, 전멸 혹은 절반의 병력이 전사했다.

또한, 투아레그 전투에서도 적지 않은 피해를 입었다. 전사를 제외하고 나머지 병력은 대평원의 바이큰 부족이 아닌 과거 제국의 유민들이다. 하니 실제적으로 바이큰 부족의 전사는 그 수가 얼마 없는 것과 다르지 않았다.

"내가 비록 대족장의 자리에서 밀려나고, 또한 견제의 의미로 이곳으로 밀려났지만, 현재 바이큰 왕국의 국왕의 과격한 정책에 대하여 반대하는 이도 상당수요. 물론 그가 가진 힘과 무력이 무서워 숨을 죽이고 있지만 바이큰 부족의 전통을 지키기 위해 숨어서 노력하는 이들이 있소. 그들에게 확신을 주어야만 하오. 우리에게도 이런 힘이 있다는 것을 보여주어야만 하오.”

불을 뿜어내듯이 속에 담긴 울분을 토해내듯이 말을 하는 클레이튼 총사령관이었다. 그는 이미 던가드 성벽을 지키는 총사령관이 아니라, 오랜 전통과 길을 잃고 헤매는 부족의 앞날을 걱정하는 대족장으로서 베르누크 앞에 있었다.

“그렇다는 것은 바이큰 왕국의 국왕과 맞서겠다는 것이오?”

“…그렇소!”

힘들게, 아주 힘들게 클레이튼 총사령관이 입을 열었다. 베르누크로서는 아주 좋은 현상이었다. 강력한 원군을 얻은 것이었다.

강력한 기사들과 마법 전력이 있지만 북부에서 모자라는 것은 바로 병력이다. 그래서 장기전에는 반드시 그 파탄을 드러나게 되어 있다.

해서 지금까지 최소한의 인원으로 최대한 빨리 전투를 마무리 지었다. 적들이 폴라리스 왕국의 약점을 알고 있으면서도 그 강력함에 혀를 내두르고, 분석할 수 없을 만큼 빠르게 말이다.

한데, 만약 전대 대족장이 숨어 있는 서북 대평원의 지사들을 끌어들이고 던가드 성벽을 완벽하게 장한다면, 북부는 일거에 백만에 이르는 대병력을 얻을 수 있었다.

"마스터 한 명과 1만 5천의 경기병. 그리고 마법사 1백, 기사 1백 명을 지원하겠소. 어떻소?"

부릅!

꿀꺽!

클레이튼 총사령관과 세이칼 군사장은 마른 침을 삼켰다. 자신들도 상당히 무리한 제안이라는 것을 알고 있었다. 해서, 시간이 걸릴 줄 알았다.

하지만 아니었다.

베르누크가 지원 병력과 병종의 구성까지 확실하게 정해 말로서 내뱉는 순간은 결코 길지 않았다.

또한 일인 군단이라 칭해지며, 바이큰 부족에게 있어서는 진정한 제1대전사에 버금가거나 더 뛰어난 것이 마스터 한 명이었다.

거기에 정예 중 정예라는 경기병 1만 5천과, 마법사와 기사들이라니.

이것은 상상 이상의 배포였다.

"정말 그리해 줄 수 있겠소?"

“있소. 하나…….”

“하나?”

베르누크가 말을 흐리자 클레이튼 총사령관이 서둘러 되물었다. 그의 얼굴에는 간절함이 깃들어 있었다.

“조건이 있소.”

“조건이라…….”

그러면 그렇지라는, 혹은 아쉽다는 표정을 짓는 클레이튼 총사령관과 그의 군사장 세이칼이었다.

군사를 지원해 주는 것은 아주 큰일이다. 그것도 지금 네 개의 왕국이 전쟁을 치르고 있는 이 와중에는 더욱 큰일이다.

그러한 큰일을 치름에 있어 아무런 조건 없이 지원을 해준다는 것은 있을 수 없는 일이었다. 하지만 클레이튼 총사령관은 그것 때문에 난처한 것이 아니었고 아쉬운 표정을 짓는 것이 아니었다.

지금 당장 그들에게 줄 것이 없었기 때문이었다.

아무리 동맹이라 하여도 상호간에 무언가 이득을 얻어야만 하는 것이 동맹이다 물론, 던가드 지역을 통째로 들어다 바친 것도 중요한 이득이라 할 수 있었다.

하지만 그것은 반대 세력을 제거하는 것으로 끝난 일이었다. 반대 세력을 완벽하게 제거했으니, 던가드 지역에 대해서는 어떠한 것도 주장할 수 없는 지금 상황에서 그에게는 더 이상 줄 것이 없었다.

"더 이상… 줄 것이 없소."

"달라 하지 않소."

"하면?"

"전사의 피를 주시지요."

전사의 피라는 말에 클레이튼 총사령관의 눈이 커졌다. 지금껏 그리 큰 표정을 내보이지 않던 클레이튼 총사령관의 얼굴이 완연하게 놀람의·표정으로 바뀌어 있었다.

"그것은… 어떻게 알았소?"

"동맹이오. 동맹이라면 그 정도는 알아야 하지 않겠소."

"괜찮겠소?"

클레이튼 총사령관의 근심 어린 말에 살짝 소리 내어 웃는 베르누크였다.

바이큰 부족들이 말하는 전사의 피는 형제의 피라고도 한다. 가족이라는 뜻이다.

절대 배신하지 않고, 절대 믿으며, 절대의 울타리가 되어주는 그런 바이큰족으로서의 의식을 말한다.

전사의 피 혹은 형제의 피라고 하는 이유는 큰 잔에 서로의 피를 내어 한 모금 마신 뒤 그것을 커다란 술통에 붓고, 그 술통의 술이 모두 비워질 때까지 마셔야 하기 때문이었다.

피를 나눈다 하여서 전사의 피 혹은 형제의 피라고 불리는 것이었다.

물론 거기에는 전사로 인정받기 위한 제물도 필요하였다. 바로 바이큰 평원에만 존재한다는 블루 울프의 피와 고기였다.

전사로서 인정하고, 부족으로서 인정하며, 가족으로서 인정한다는 것을 의미하는 것이다.

지금 베르누크가 말한 것은 바로 그러한 의식을 말함이었고, 클레이튼 총사령관이 근심 어린 얼굴로 묻는 이유는 다른 것이었다.

그것은 바로 바이큰족을 대륙인들이 어떻게 보는지 알고 있기 때문이었다.

제국 시절 바이큰족은 정벌의 대상이지 절대 우호의 대상이 아니었다. 또한 바이큰족은 언제나 미개하고 천박했으며 악의 무리였을 뿐이었다. 그러한 저변의 인식을 잘 알고 있는 클레이튼 총사령관이었기 때문이었다.

"하하하. 짐은 폴라리스 왕국의 국왕이오. 또한, 북부의 사람치고 바이큰족을 천하다 여기는 자는 없을 것이오."

그건 그랬다. 바이큰족이나 북부인이나 처우는 그리 차이 나지 않았다.

다른 것은 그냥 북부인은 제국민이고, 바이큰족은 평원 부족이라는 것뿐.

해서 전쟁이 나기 전 북부인과 바이큰족은 상당히 많은 교류를 하는 편이었다.

물론 50년 이내로 그 왕래가 없어졌지만 그렇다 하더라도 여타의 대륙인들과는 그 개념 자체가 다른 북부인이었다.

하니 바이큰족에 대하여 별다른 거부감을 느끼지 않는 것이 사실이라 할 수 있었다.

"좋소. 전사의 피를 달라면 드리겠소. 전사의 피로 던가드 성벽이 모두 붉게 물들 정도로 말이오."

기분이 몹시 좋아진 클레이튼 총사령관은 기쁜 웃음을 감추지 못하였다. 줄 수 있었다. 주지 못할 이유가 없었으니 말이다. 그에 기쁨을 감출 수 없었다. 하지만, 군사들의 입장은 다른가보다.

"하면, 마스터는 누구를……."

기쁨을 감추지 못하는 클레이튼 총사령관과는 다르게 여전히 무표정을 가장하고 있는 세이칼 군사장이 조심스럽게 물었다. 그에 카림이 조용히 입을 열었다.

"마스터는 레너드 베인 후작 각하로 낙점되었으며, 기사 1백의 단장은 최상급에 오른 에드워드 타이슨 백작입니다. 또한 1백의 기사 전원 익스퍼트이며, 마법사 1백의 단장은 5서클 마스터인 드미트리 글레자코스 백작입니다. 글레자코스 백작이 이끄는 1백의 마법사단은 전원 2서클 50명, 3서클 30명, 4서클 20명으로 이루어져 있습니다.”

막힘없는 카림의 대답에 세이칼 군사장은 눈을 동그랗게 뜨고 놀랐다. 지금 말한 것은 절대 지금 생각해서 나온 답이 아니기 때문이었다. 그렇다는 것은 이미 이들은 지금의 상황을 예측하고 있었으며, 대비하고 있었다는 것을 의미했다.

세이칼 군사장이 놀란 얼굴을 하고 있음에도 불구하고 카림은 담담하게 말을 이었다.

“출발 일시는 빠를수록 좋겠으나, 전투의 후유증으로 충분한 휴식이 필요한 관계로 한 달 후 출발할 것이며, 귀측에서 지원해야 할 것은 전사 1만과 2만의 마필입니다.”

“하면, 식량은…….”

마필이야 초원 부족에게 문제되지 않는다. 전투가 있을 때마다 거의 두세 필씩 끌고 다니는 것이 초원 부족이고, 전투마의 관리에 있어서 바이큰 부족보다 뛰어난 부족은 없으니 말이다.

문제는 식량이었다. 적어도 3만이 움직인다. 그들이 먹을 식량과 5~6만의 전투마가 먹을 건초 또한 문제가 되는 것이었다. 그러하자면 전사와 기사를 제외하고도, 2만 정도는 더 따라 붙어야 한다는 것을 의미했다.

“아국은 마법으로 유명합니다. 또한 전투 마탑의 탑주께서는 대륙 유일의 7서클 대마법사입니다.”

　카림의 말에 그래서 그게 지금 식량과 무슨 상관이냐고 세이칼 군사장과 클레이튼 총사령관이 눈으로 혹은 의혹이 가득 묻어난 얼굴로 물었다.

　그러한 그들의 의문을 풀어주기 위해 카림은 그들의 앞에 조그마한 가죽 배낭을 꺼내 놓았다.

　“이게 무엇이오?”

　가장 먼저 호기심을 드러낸 것은 역시 클레이튼 총사령관이었다. 그의 의문스러운 음성에 군사장인 세이칼 역시 호기심 가득한 얼굴로 카림이 올려놓은 가죽 배낭을 바라보았다.

　“마법 배낭입니다.”

　“마법… 배낭?”

　“마법?”

　카림의 말에 각자 반응을 보이는 두 명이었다. 마치 어린아이가 무언가 신기한 것을 발견해 호기심 어린 눈동자로 바라보고, 궁금증을 참지 못하는 그런 모습이었다.

　그에 카림의 입이 열리며 마법 배낭에 대하여 설명했다.

　“일반 마법 배낭과 달리 경량화 마법이 걸려 있어 무게를 10분의 1로 줄여주고, 용량은 80킬로그램 밀 열 포대가 들어갑니다. 경량화 마법이 걸려 있다고는 하지만 여전히 무거운 무게이므로 반드시 익스퍼트 이상의 전사나 기사가 착용해야 합니다.”

　카림의 설명에 정신없이 고개를 끄덕이는 클레이튼 총사령관과 세이칼 군사장이었다.

　"이 마법 배낭이 모두 지급될 예정이며, 지원된 마법사단에서 다시 경량화 마법을 걸 예정입니다. 이중으로 경량화 마법을 걸게 됨으로써 무게는 8킬로그램 정도로 낮아질 것이며, 이동의 불편과 식량에 대한 인원을 감축할 수 있을 것입니다."

　"호오~ 마법이란……."

　"대, 대단합니다."

　결국 놀랄 수밖에 없었다. 이들이 그리도 경시하던 마법에 대한 모든 인식을 뒤바꿔 놓는 물건이니 당연한 것일 게다.

　"또한, 이 마법 배낭에는 위치 추적 마법이 걸려 있어, 분실시나 혹은 몰래 빼돌리려 한다 하여도 즉각 위치를 찾아낼 수 있습니다. 그리고, 아국의 배낭과는 조금 차이가 있을 수 있으나 크게 차이는 나지 않을 것입니다."

　카림의 말은 모두 사실이었다. 다만 이것은 바이큰 왕국의 전사들에게 주어지는 배낭이었다. 자국의 기사들과 병사들에게 지급되는 배낭과는 확연히 차이가 나나, 그저 크게 차이 나지 않는다는 말로 돌려 말할 뿐이었다.

　하지만, 카림의 말을 곧이곧대로 믿지 않는다 하여도 클레이튼 총사령관과 세이칼 군사장은 충분히 놀라고 있었다. 베르누크의 준비성과 폴라리스 왕국군의 기동력에 대해서 말이다.

'그래서, 그래서 폴라리스 왕국군에게는 보급 부대가 없었구나. 병사가 하루 1.5킬로그램의 식사를 한다면, 한 달 동안 먹는 양은 45킬로그램. 한데, 80킬로그램 밀 포대가 열 개나 들어간다니……'

지금 세이칼 군사장은 심장이 튀어나올 듯 놀라고 있었다. 그 누구도 이러한 발상을 하지 않았다. 그 강성했던 제국도 이런 생각은 하지 못했다. 그런데 폴라리스 왕국은 그것을 하고 있었다.

불가능하다고 여겨졌던 것을 폴라리스 왕국군은 가능하게 했으며, 이제는 날개를 달았다고 할 수 있었다. 바로 대평원의 숨은 지사들이 수면 위로 떠오르고, 전사의 피의 의식을 치르고 나면은 말이다.

'무섭다. 무섭고도 무섭다.'

이것은 세이칼 군사장이 느낀 단적인 심정이었다. 정말 무서웠다. 폴라리스 왕국의 군사장인 카림 클라우제비츠 후작이라는 자도 무섭고, 아무것도 원하지 않으면서 서북 대평원의 진정한 힘을 끌어들이는 베르누크 아이젠 폰 캘리노스 폴라리스라는 국왕도 무서웠다.

그것은 아마 클레이튼 총사령관도 다르지 않게 느끼고 있을 것이다. 때문에 마법 배낭이라는 존재 하나만으로도 그들은 절대적으로 폴라리스 왕국을 신뢰할 수밖에 없었다.

마음속에 담긴 무서움을 숨기고, 만족한 얼굴로 클레이튼 총사령관과 세이칼 군사장이 돌아갔다. 무섭기는 하나, 폴라리스 왕국군이 형제가 된다면 든든한 힘이 될 것이라는 것을 상상하면서 말이다.

*　　*　　*

"베인 후작이 원정을 간다면 전력에 손실이 큽니다. 이에 대책을 강구해야 합니다."

클레이튼 총사령관과 세이칼 군사장이 집무실을 나가자 카림이 베르누크에게 재촉을 했다. 확실히 지금의 상황에 있어서 레너드의 부재는 상당한 전력의 손실이었다.

"롬멜 백작과 테레지아 백작을 좀 불러줘."

"그들은 왜……?"

카림의 의문에 베르누크는 간단하게 설명을 해줬다.

"둘 다 최상급의 기사지. 거기에 정령술을 합치면 아마도 마스터와는 동급 또는 그 이상의 전력이 될 테니까."

"하면……."

"그들이 지금은 유일한 정령 친화력을 가진 귀족이야."

"알겠습니다."

베르누크의 말에 바람처럼 집무실의 문을 열고 바삐 나서는 카림이었다. 아마도 카림이 직접 전하지는 않을 것이다. 자신만의 비선을 통해 그들에게 연락을 취할 것이다.

이번 일은 아무도 몰라야만 했다. 그래야만 전략적으로 완성이 되는 것이니 말이다. 또한, 전력도 눈에 띄게 증강될 것이다.

지금은 던가드 성벽의 충격으로 잠시 호흡을 고르고 있지만 바이큰 왕국이 그리 만만한 왕국이 아니라는 것을 알고 있는 베르누크와 카림이었다.

더 큰 문제는 단지 바이큰 왕국만이 아니다. 이스턴 왕국도 있었고, 히르센 왕국도 있었다. 그들이 제국의 후예라는 정당성을 가지고 바이큰 왕국과 전쟁을 치르고는 있지만, 과연 그것이 얼마나 갈 것인가가 문제이다.

대륙을 차지하기 위해서는 그들은 과감성있는 결단을 할지도 몰랐다. 세월은 사람의 기억을 희미하게 만든다. 더군다나 지금과 같은 서로 물고 물리는 전쟁통에는 더욱더 그 기억을 빠르게 지워 나간다.

현실이 너무 힘들기에 현실을 살아가기에도 바쁘기 때문이다.

왕국민들이 과거를 잊고, 힘든 현실을 벗어나고, 더 나아진

미래를 원한다면, 그것은 바로 새로운 왕국에서 절대적으로
환영할 만한 일이라 할 수 있었다.

지금의 전쟁은 왕국민의 불만을 내부로 폭발시키는 것이
아닌, 밖으로 분출하는 데에 중요성이 있었다. 절대의 악. 그
악을 징벌함으로써 대륙을 통일할 대의명분을 얻는 것이다.

결국 네 개의 왕국 중 하나가 남고, 제국이 될 때까지 이어
져야 할 전쟁이다. 그 지루한 전쟁의 시발점이 지금의 바이큰
왕국과의 전쟁이라 할 수 있었다.

그런데, 그러한 중요한 시점에서 폴라리스 왕국의 중요 핵
심 전력 중에 하나인 레너드가 빠져나간다면 병력을 운용함
에 있어서 상당한 압박으로 작용할 수 있었다.

그에 베르누크는 그 전력을 대체해야 할 방안을 강구하게
되었는데 그것이 바로 정령사라는 존재였다.

물론 애초에 그 생각은 카림이 정립을 했지만, 실제적으로
움직여야 하는 것은 바로 베르누크였다.

또한, 정령사의 자질이 있는 자를 찾는 것도 역시 문제였
다. 아래에서부터 찾기에는, 혹은 처음부터 키워 나가기에는
시간이 너무 촉박했다. 해서 즉시 전력감을 찾은 것이 바로
테레지아 백작과 롬멜 백작이었다.

그들은 단지 시작일 뿐이었다. 그 둘은 베르누크보다 행동
반경이 훨씬 넓다. 그러다 보면 기사들 중에서 정령사가 나올

것이고, 기사들은 또한 병사들 중에서 찾아낼 수 있을 것이다. 다만, 병사들은 그 시간이 오랠 걸릴 것이다.

최초 정령을 불러내기 위해서는 기본적으로 정령 친화력이 있어야 하기 때문이었다.

그리고 그 정령을 부리기 위해서는 방대한 정신력과 함께 마나가 필요하다. 하니, 만약 병사들 중에서 정령사를 찾는다면 시간이 오래 걸릴 수밖에 없었다. 마나라는 것이 불린다 해서 불려지는 것도 아니고 말이다.

베르누크는 서두르지 않고 위에서 아래로 차근차근 진행할 생각이었다.

그리고 베르누크는 알고 있었다.

'준비하지 않는 자는 기회조차 오지 않는다.'

라는 것을 말이다.

준비해도 올까 말까 하는 기회다. 그 기회를 잡기 위해서는 만전을 기해야 함을 누구보다도 잘 아는 베르누크였기에 지금 다가올 기회를 잡기 위해 준비를 하고 있는 것이었다.

베르누크가 앞으로에 대한 상념에 젖어 있는 동안 카림은 베르누크의 명을 충실히 이행하고 있었다. 그 누구도 모르게 은밀하게 베르누크의 집무실로 테레지아 백작과 롬멜 백작을 소환한 것이었다.

테레지아 백작과 롬멜 백작, 그리고 카림이 들어오자 베르누크는 의자에 깊숙이 묻었던 상체를 일으켜 세웠다. 그리고 문 앞으로 다가가며 그들에게 말했다.

"지하 연무장으로 가지."

카림은 베르누크가 뜻하는 바를 알고 있었으나, 갑작스럽게 호출되어 온 두 명은 제대로 그 의도를 알지 못했다. 다만 베르누크가 자신들을 지하 연무장으로 이끈다는 것은 평소와는 다른 어떤 것이 있기 때문이라고 생각만 할 뿐이었다.

테레지아 백작과 롬멜 백작은 많은 의문이 있기는 하였으나, 베르누크의 뒤를 따라 지하 연무장으로 향했다. 그것을 본 기사들과 병사들은 당연히 그들이 대련을 위해서 지하 연무장으로 향하는 것으로 여겼다.

그그그극!

육중한 소음을 내며, 지하 연무장의 문이 열렸다.

"지금부터 내일 이 시각까지 그 누구도 접근을 불허한다."

"명!"

지하 연무장을 지키는 두 명의 기사는 즉각적으로 반응했다. 하지만 추호도 의심하지 않았다. 보통 베르누크가 지하 연무장으로 향할 때는 기본적으로 하루 이틀은 잡아먹는 것을 알고 있기 때문이었다.

또한, 그 시간만큼은 그 누구에게도 방해받지 않는다는 것도 잘 알고 있는 두 기사였기에 별 의심 없이 베르누크의 명

을 받았다. 베르누크가 안으로 들어가고 육중한 출입문 소리
가 들릴 때까지 그들은 움직이지 않았다.

육중한 출입문이 완전히 닫히고 나서야 그들은 허리를 펴
고 경계 임무에 복귀하였다. 누가 그렇게 하라고 한 것은 아
니다. 하지만 그들은 언제나 그렇게 했다.

폴라리스 왕국의 국왕은 절대 강요하지 않는다. 하지만 모
든 기사와 병사, 그리고 귀족이 나서서 그렇게 한다. 왜냐하
면 그들의 왕이 전투에 있어서 항상 가장 선두에 서며, 가장
많은 피를 마시고, 언제나 국민들의 곁에 있기 때문이었다.

그것이 베르누크의 무서운 점이었다. 국왕이되 국왕 같지
않기에 왕국민들과 귀족들, 그리고 모든 이가 그를 국왕으로
받든다. 목숨을 다 바쳐서 그에게 충성하는 것이었다.

지하 연무장으로 들어온 네 명.

궁금하지만 절대적인 신뢰를 보내는 국왕이기에 어떠한
것도 묻지 않았던 그들보다 베르누크가 먼저 입을 열었다.

"백작들은 내가 마검사라는 것을 알고 있을 것이오."

물론 알고 있었다. 지금 여기 있는 이들은 몇 되지 않은 측
근 중에 측근이니 말이다. 또한 베르누크가 그들에게 다짐하
지는 않았지만, 그 측근들은 그 누구에게도 베르누크가 마검
사라는 사실을 발설하지 않았다.

"한 가지 더 놀랄 일은 바로 내가 정령도 다룬다는 것이오.

이를테면 정령 마검사인 셈이오."

베르누크의 말에 테레지아 백작과 롬멜 백작은 눈을 크게 뜨며 해연히 놀랐다. 마검사만으로도 그 적수를 찾아볼 수 없거늘 거기에 정령까지 다룬다니 놀라지 않을 수가 없었기 때문이었다.

"정령……."

"마검사라니……."

테레지아 백작과 롬멜 백작은 그저 멍한 채로 중얼거릴 뿐이었다. 역사서에 보면 과거 고대 시대에조차도 정령 마검사는 드물었다. 아니, 이 세계가 시작된 이후로도 정령 마검사는 드물었다.

그 둘이 멍해서 중얼거리거나 말거나 베르누크는 자신의 말을 이어 나갔다.

"백작들도 알다시피 베인 후작이 대평원을 정리하기 위해 병력을 이끌고 나가면 전력에 공백이 상당하오. 해서 생각해 낸 것이 바로 두 백작을 정령사로 만드는 계획이오."

"그것이……."

"가능하옵니까?"

테레지아 백작과 롬멜 백작이 마치 쌍둥이처럼 앞서거니 뒤서거니 하며, 베르누크의 말을 받았다. 그만큼 지금 두 사람에게는 충격적이라는 의미였다.

"가능하오. 테레지아 백작은 물과 대지 속성을, 롬멜 백작은 바람과 불의 속성을 지니고 있소. 원래는 4대 정령을 다 느낄 수 있을 정도로 출중한 정령 친화력이 있었으나, 안타깝게도 너무 늦었기에 어쩔 수 없소."

어쩔 수 없다니, 이 무슨 망발인가?

무려 두 가지 속성의 정령을 다룰 수 있는데 저렇게 미안한 표정을 짓다니. 오히려 테레지아 백작과 롬멜 백작이 의아해할 정도였다.

"어떻게 하면 되겠사옵니까?"

한 가지 속성의 정령만으로도 감지덕지인 판국에 두 가지 속성의 정령을 다룰 수 있다 하니 오히려 테레지아 백작과 롬멜 백작의 몸이 더 달아올랐다. 미적거리다 이 기회를 놓칠 수 있다는 느낌까지 들면서 말이다.

"우선 테레지아 백작부터 시작할 것이오."

베르누크가 그 말과 함께 고개를 돌리자 테레지아 백작과 롬멜 백작 역시 베르누크를 따라 시선을 돌렸다. 그곳에는 지름 3미터 정도의 원이 있었고, 그 안에 다시 지름 2.5미터 정도의 원이 그려져 있었다.

큰 원과 작은 원 사이에는 마법 수식으로 보이는 글자가 빼곡하게 써져 있었고, 작은 원안에는 다섯 개의 꼭짓점을 가진 별이 그려져 있었다. 그 모든 글과 도형은 희미하게 빛을 내고 있었다.

테레지아 백작은 이내 레더 메일을 입은 채로 그 원의 중심, 즉 오각형의 중앙으로 걸어 들어가 결가부좌를 취했다. 마나 호흡법을 실행할 때 늘상 취하는 자세라 매우 익숙한 모습이었다.

테레지아 백작은 결가부좌를 취한 자세에서 허리를 꼿꼿하게 세우고 눈을 반개하여 자신의 배꼽 아래 언더 마나 오션을 직시하였다. 그리고 손바닥은 하늘을 보게 하여 무릎 위에 자연스럽게 올려놓았다.

크게 숨을 들이쉬고 내뱉기를 세 번 정도 하고, 이내 가늘게 숨을 들이쉬고 내뱉기를 반복했다.

정적이 감도는 지하 연무장. 모든 준비가 완료됨을 직감한 베르누크는 이내 정령 소환진을 활성화했다.

후우우웅!

지하 연무장의 대기가 공명하며, 기하학적인 글과 도형의 희미한 빛이 점점 강해졌다.

그리고 이내 마치 불꽃처럼 일어나기 시작했다.

"노래하라, 유수여! 끝없이 흘러갈 영혼의 멜로디에 나의 귀를 기울이니, 나 물 위를 걷는 연주자, 나와 걸어갈 물의 존재여! 나의 부름에 답하라! 소환, 나이아스!"

마침내 베르누크에서 물의 정령을 소환하는 진언이 읊어

졌다. 그에 응답이라도 하듯이 새하얀 빛은 더욱 크게 일렁이며, 아주 서서히 테레지아 백작 쪽으로 움직였다. 마치 바람에 일렁이는 갈대처럼 말이다.

그 일렁임은 점점 더 강력해지기 시작했고, 투명했던 것이 점점 실체화되어, 테레지아 백작의 양 미간으로 모여들기 시작했다.

대략 30분 정도 지났을까?

테레지아 백작의 앞에 손가락만 한 무언가가 생성되었다. 물론 그것은 카림은 볼 수 없었다. 베르누크는 당연히 지금의 모든 현상을 볼 수 있었고, 정령 친화력과 함께 마나에 민감한 롬멜 백작은 느낄 수 있었다.

그때 테레지아 백작의 뇌리로 전해지는 이상하도록 편안한 목소리가 들려왔다.

"나 영혼의 멜로디를 노래하는 존재. 태고의 부름에 응하여 여기 현신함에 물 위를 걷는 연주자에게 묻노니, 영혼을 함께하겠는가?"

그것은 신비였다. 온몸을 짜르르하게 관통하는 신비함. 그 신비함에 젖어 있던 테레지아 백작은 마치 무엇엔가 이끌리듯이 저절로 입을 열었다.

"나 물 위를 걷는 자. 영혼의 멜로디를 노래하는 이와 함께할것입니다."

그러자 갑자기 밝은 빛이 터져 나왔다. 그 밝은 빛이 테레지아 백작의 머리에서 터지며, 마치 빛의 가루가 흘러내리듯 테레지아 백작을 감쌌다. 그 황홀경에 테레지아 백작은 저도 모르게 미소를 지었다.

꿈을 꾸는 듯한 테레지아 백작의 얼굴.

그런데 그런 테레지아 백작이 얼굴이 변하고 있었다. 좌상에서 우하로 날카롭게 그어진 지렁이가 기어가는 듯한 치명적인 검 자국. 그것이 붉은색에서 분홍색으로, 그리고 다시 노란색으로 변하더니, 이내 원래 없었던 것인 양 아주 사라져 버렸다.

이러한 현상을 전혀 모르는 테레지아 백작은 무엇이 좋은지 조용히 웃음 짓고 있었다. 아직도 언더 마나 오션을 바라보며 반개한 눈을 뜨지 않고 있는 테레지아 백작이었다.

그에 베르누크는 조용히 고개를 끄덕였다. 지금 테레지아 백작은 정령 친화력이 최고조에 달한 상태였다. 이 순간을 이용하면 지금 당장 대지의 중급 정령과도 계약할 수 있었다.

"요동쳐라, 대지여! 굳건한 강인함의 전율에 나 몸을 맡기니, 나 대지 위에 잠든 조각사, 나와 잠들어갈 땅의 존재여! 나의 부름에 답하라! 소환, 노엘!"

사실 될지 안 될지는 베르누크 자신도 몰랐다. 다만 그렇지 않아도 테레지아 백작은 정령 친화력이 발군이었고, 거기에 최상급에 이른 검사였다. 거기다 지금은 정령 친화력이 최고조에 달한 상태.

해서 베르누크는 과감하게 대지의 중급 정령을 소환한 것이었다.

이번에는 밝은 빛이 아니라 황금색의 빛이 터져 나왔다. 마치 기다리고 있었다는 듯이 미풍조차도 없이 바로 덩어리져 테레지아 백작의 양다리 쪽으로 몰려드는 황금색의 빛이었다.

"나 굳건하며, 강인함을 의지하는 존재. 태고의 부름에 응하여 여기 현신함에 대지 위에 잠든 조각사에게 묻노니, 영혼을 함께하겠는가?"

"나 대지 위에 잠든 조각사. 굳건하고 강인함을 의지하는 존재와 함께할 것입니다."

이미 한 번 경험했던 것이 도움이 되었는지 물의 하급 정령을 소환할 때보다 훨씬 빠르게 소환과 함께 계약이 이루어졌다.

그 광경을 바라보는 롬멜 백작은 지금 몹시 흥분하고 있었다. 자신의 눈앞에서 정령사가 탄생하였기 때문이었다.

거기에 곧 자신도 정령과 계약을 할 수 있음이니, 평소 무뚝뚝하고 감정을 잘 드러내지 않던 롬멜 백작조차 가볍게 흥분하는 표정을 보이고 있었다.

그렇게 물의 정령과 대지의 정령을 소환하고 계약한 이후로 테레지아 배작은 그 정령 소환진에서 움직이지 않았다. 베르누크는 고개를 끄덕이더니 이내 롬멜 백작에게 다가갔다.

"백작도 준비하시오."

"알겠사옵니다."

말은 정중했으나, 목소리는 가늘게 떨리고 있었다. 흥분이 극에 달했다는 것이었다.

하지만 이미 테레지아 백작이 하는 양을 본 터라 빠르게 안정을 되찾고, 정령 소환 의식을 치렀다.

롬멜 백작은 바람과 불이었다. 그가 착석한 소환진에는 붉은색의 화염과 아지랑이처럼 일렁이는 불꽃이 터져 나왔다. 그에 롬멜 백작은 하급 바람의 정령과 중급 불의 정령과 계약을 했다.

롬멜 백작 역시 테레지아 백작과 다르지 않게 정령과의 계약이 마무리되었음에도 불구하고 정령 소환진에서 결가부좌를 풀지 않고 있었다. 그 또한 테레지아 백작과 다름없는 미소를 짓고 있었다.

한참을 기다려도 둘 다 깨어날 기미가 보이지 않자 기다리다 지친 카림이 넌지시 베르누크에게 물어왔다.

"이제 다 끝난 것입니까?"

"그렇지. 이제는 기다리는 일만 남았네."

"그냥 계약하면 끝나는 것이 아니었습니까?"

그냥 계약만 하면 끝나는 줄 알았던 정령 소환과 계약 의식. 그것은 생각보다 난해하고, 힘든 과정이었다.

만약 베르누크가 아니었다면 하루에 한 명과도 제대로 계약하기 힘들었을 것이고, 두 정령과의 계약은 꿈조차 꿀 수 없었다.

베르누크가 소환진을 그리고 테레지아 백작과 롬멜 백작이 정령과 계약함에 있어 알게 모르게 많은 도움을 주지 않았더라면, 이렇게 순조롭게 끝나지 않았을 것이다.

정령을 소환하고 계약함에 있어, 가장 중요한 것은 바로 정신력이다. 물론 그 정신력을 뒷받침해 줄 체력이 없다면 절대 하루 만에 끝나지 않을 의식이었다.

"아마도 저들이 깨어나면, 레너드나 제이 못지않은 전력을 얻을 것이야."

베르누크의 말에 함박웃음을 짓는 카림이었다. 그렇지 않아도 세 왕국과의 전쟁으로 인하여 추가 전력에 대한 갈증이 심했던 탓이었다.

왕국에 마스터가 무려 네 명이나 있지만 제이는 제외해야 했다. 마스터에 올랐으나 아직까지 독자적인 전투를 수행하기는 어렵기 때문이었다.

거기에 구데리안 공작 역시 제외시켜야 한다. 그는 국왕 폐하를 대신하여 왕국을 지켜야 하니 말이다.

　남는 것은 레너드인데, 이참에 레너드마저 빠져나갔다. 이제 마스터가 없다. 물론 최상급의 기사들이 몇 있지만, 병력이 작은 왕국으로서는 마스터에 상응하는 무력이 절대적으로 필요한 시점이라 할 수 있었다.

　"두 백작이 깨어나면, 새로이 전략을 계획해야 할 것 같습니다."

　카림은 아직 깨어나지 않는 둘을 흡족하게 바라보고 있었다.

　"하지만 당분간은 움직이기 어려울 것이야. 소환했다고 해서 바로 사용할 수 있는 것이 아니니 말이지."

　"아직 시간이 있을 것입니다."

　카림의 말에 그저 고개만 주억이는 베르누크였다.

　"그에 대해서는 나가서 이야기하도록 하지."

　그 말과 함께 베르누크는 지하 연무장을 출입구가 아닌 비밀 통로를 통하여 이동하였다. 이들의 전력에 대해서는 이곳에 있는 사람 외에는 누구도 알아선 안 되기 때문이었다.

CHAPTER
07
이
합
집
산

Knight King

"정보국장인 스웰던 자작의 보고에 의하면, 바이큰 왕국의 움직임이 심상찮습니다."

"지하 연무장에서는 시간이 걸릴 것이라 하지 않았어?"

카림의 말에 당연히 전쟁의 기운이 일고 있다는 것으로 해석한 베르누크가 뚱하게 물었다.

"바이큰 왕국이 이스턴 왕국과 히르센 왕국에 사신을 파견했습니다."

"뭐? 사신을?"

"그렇습니다."

상당히 의외라는 듯이, 아니, 완전히 뒤통수를 맞았다는 듯이 입을 다물어 버리는 베르누크였다. 지금 베르누크의 머리는 팽팽 돌아가고 있었다. 갑작스런 바이큰 왕국의 행동에 대해 어떻게 해석해야 할지 몰랐기 때문이었다.

"사신을 보냈다는 것은 휴전 혹은 동맹을 제의하기 위해서이겠지?"

"아마도 그러할 것입니다."

"너무 이르지 않은가?"

베르누크가 이해할 수 없는 것은 바로 그것이었다. 너무 일렀다. 바이큰 왕국은 공적이다. 이스턴 왕국도 그러하고, 히르센 왕국도 그러하며, 폴라리스 왕국도 그러했다.

그중에 가장 격렬하게 바이큰 왕국을 비난한 왕국은 바로 히르센 왕국이었다. 그다음이 이스턴 왕국이고, 폴라리스 왕국은 그들을 비난하지도 않았지만 두둔하지도 않았다.

사신이 와야 한다면 가장 먼저 폴라리스 왕국으로 왔어야 했고, 가장 늦게 히르센 왕국으로 향했어야 했다. 사신이 가는 순서도 이해하지 못하지만, 겨우 6년이라는 시간이 지났을 뿐이건만 사신이 갔다는 것 자체를 이해할 수 없었다.

"위기감을 느낀 탓일 겝니다."

"위기감?"

카림의 말에 다시 되묻는 베르누크였다. 대륙을 향해 포효

한 바이큰 왕국이었다. 실제 베르누크가 던가드를 점령하기 전까지는 이스턴 왕국과 히르센 왕국의 두 왕국을 상대로 압박하거나 대등하게 싸웠다.

그런데 갑자기 위기감이라니.

"던가드 때문인가?"

"그렇습니다. 그들로서는 본토와 연결된 고리가 끊어졌으니 당연할 것입니다. 본토와 다시 잇거나 혹은 대륙으로 나갈 방법밖에 없는데 본토와 다시 잇기에는 세 왕국과 싸워야 하기에 버거울 수밖에 없습니다. 하니, 방법은 하나. 등 뒤의 비수를 제거하는 것밖에 없습니다."

카림의 설명에 베르누크는 고개를 끄덕이지 않을 수 없었다. 바이큰 왕국으로서는 달리 선택의 여지가 없었다는 것이었다. 그렇다면, 그에 응할 왕국은? 이라는 생각까지 든 베르누크였다.

"이스턴인가?"

"히르센이 더 급하지 않을까 합니다."

"히르센?"

"그렇습니다."

곰곰이 생각에 잠기는 베르누크였다.

'히르센이라……. 히르센!'

생각에 잠긴 베르누크를 바라보던 카림이 입을 열었다.

“우선은 히르센 왕국이 가장 적대시하는 것은 바이큰 왕국이 맞습니다. 하지만 히르센 왕국은 바이큰 왕국만큼이나 아국을 적대시하고 있습니다. 또한, 아직 그들이 약조한 5년의 식량이 도착하지 않았습니다. 이스턴에서는 도착했습니다.”

5년치의 식량. 북부의 왕국민이 5년을 견딜 수 있는 식량을 원조해 주기로 했다. 한데 이스턴은 보내왔으나, 히르센은 감감무소식이었다. 거기에 히르센은 바이큰 왕국만큼이나 북부인을 경멸한다.

“겨우 그 정도 이유는 아닐 듯싶은데?”

“물론 그렇습니다. 바로 전쟁의 주도권이 문제입니다.”

“전쟁의 주도권?”

전쟁의 주도권이라는 말이 나오자 베르누크는 미간을 모아 잔뜩 힘을 주었다. 하지만 이내 어느 정도 이해가 간다는 듯이 고개를 끄덕였다.

“과거 제국을 이은 히르센 왕국은 자존심이 지나쳐 자만심으로 발전해 버렸습니다. 그들이 보기에 바이큰 왕국이나 아국이나 똑같은 범주의 존재입니다. 그런데, 아국이 바이큰의 숨통이라 할 수 있는 던가드를 점령했습니다. 히르센 왕국으로서는 뜨끔했을 것입니다. 그들이 판단하기에 아국이 히르센 왕국을 점령하기 위해서는 적어도 1년 이상, 그리고 상당한 국력을 소모했어야 합니다.”

거기까지 말하고 잠시 말을 끊는 카림이었다. 그는 이미 할 말을 모두 준비해 있었지만, 베르누크가 정리할 시간이 필요했기 때문이었다. 베르누크의 기색을 살피고 카림이 다시 말했다.

"자신들은 성과가 없는데, 자신들보다 한 수 아래로 보고 있는 아국이 던가드를 점령했으니 그들의 심정이 어떠할 것 같습니까? 이번 전쟁은 그저 단순한 전쟁이 아닌, 그들의 입장에서는 히르센 제국의 복수를 하는 전쟁입니다. 그러하니 당연히 자신들이 전쟁의 주도권을 쥐고 판도를 좌지우지해야만 합니다. 그런데 그 찰나 우리가 아주 당황스럽고, 자존만대한 자존심에 치명적인 오점을 남길 일을 벌였습니다. 그러한 가운데 바이큰 왕국의 사신이 찾아왔습니다. 그들은 아마 휴전 혹은 동맹을 제의할 것입니다."

카림은 히르센 왕국의 현 상황에 대해서 상당히 세세하게 설명을 했다. 그것은 제법 설득력이 있었고, 베르누크도 동의하지 않을 수 없었다.

"바이큰 왕국이 휴전을 하자면 히르센 왕국은 아마 싸우기를 원할 것입니다. 약세를 보이기 싫어서입니다. 하지만 동맹을 맺을 가능성도 큽니다. 왜냐하면 동등한 동맹이 아닌 어떤 조건을 제시한 동맹일 것이 확실하니 말입니다."

휴전과 동맹. 그것은 차이가 크다. 휴전은 잠시 전쟁을 멈추는 것이다. 그것은 계속 전쟁 중이라는 말이고, 동맹은 말 그대로 서로 손을 잡는 것을 말한다.

하지만 아쉬운 것은 바이큰 왕국.

결국 바이큰 왕국은 히르센 왕국에 동맹에 대한 어떠한 반대급부를 제공하지 않을 수 없을 것이다. 그것이 재화가 되었든, 아니면 과거 히르센 제국의 백성이 되었든, 또는 영지가 되었든 말이다.

"영지를 얻어내고, 조건부 동맹을 맺을 수 있겠군."

그러했다. 히르센 왕국으로서는 영지를 얻어내고 조건부 동맹을 맺는 것이 가장 수지맞는 장사라 할 수 있었다.

"그것이 가장 최적의 동맹 조건일 것입니다. 일단 동맹은 밀약의 형태가 될 것이고, 대외적으로 바이큰 왕국의 일정 영지를 수복했으니, 잠시 숨을 고른다는 인상을 심어줄 수 있기 때문입니다."

그렇게 히르센 왕국이 밀약의 형태를 띤 동맹을 맺어준다면, 바이큰 왕국은 상대해야 할 왕국이 세 왕국에서 두 왕국으로 줄어들고, 그만큼 병력의 여유가 생길 것이다.

그렇다는 것은, 지금과는 사뭇 다른 전쟁 양상이 벌어질 수 있음이었다.

"그렇게 히르센이 빠지면 남은 것은 이스턴인데… 그들 역시 히르센과 다르지 않은 결정을 내릴 가능성이 높겠군."

"그렇기는 합니다만, 이스턴은 히르센과 입장이 조금은 다릅니다."

"다르다?"

"그러합니다."

베르누크는 이해할 수 없었다. 입장이 다르다 해도, 기본적으로 이스턴 역시 제국의 망령에서 벗어나지 못한 이들이었다. 그들도 역시 히르센과 같은 입장이라면, 조건부 밀약을 맺지 않을 이유가 없었기 때문이었다.

"왜지?"

"일단 이스턴 왕국은 고루한 히르센보다는 조금 더 융통성이 있으며, 상업이 잘 발달해서인지 상당히 개방적인 생각을 가지고 있습니다. 그들은 제국이 네 개로 나뉠 때에도 바이른 왕국과 교류를 했을 정도이니 말입니다. 이스턴 왕국은 제국의 후신을 잇는다는 대의명분보다는 오히려 어느 왕국이 자국에 더 많은 실익을 가져다주느냐에 초점을 맞추고 있을 것입니다. 대의명분은 이미 히르센이 가져갔으니까 말입니다."

대의명분은 히르센보다 약했다. 해서 과감하게 대의명분을 포기하고, 실리를 추구한 이스턴 왕국. 그리해서 지금 네 개의 왕국 중에서 가장 활발하고, 은연중에 그 중심에 서고 있는 왕국이 바로 이스턴 왕국이었다.

"하지만, 던가드 점령을 요청한 것은 바로 이스턴의 국왕이네만."

"이스턴 왕국은 실리적인 명분을 가지고 있습니다. 명분도 살리고, 실리도 챙기고 말입니다. 그 요청은 원래 히르센의 국왕이 했어야 옳지만 아국과의 관계가 껄끄러움을 들어 이스턴 왕국에게 넘겼을 가능성이 높습니다."

철저하게 실리적인 이스턴 왕국이 아무런 조건 없이 히르센의 요청을 받아들였을 리는 없을 것이다. 무엇인가를 얻었기에 폴라리스 왕국에 그러한 요청을 했을 것이었다.

"약았군."

"외람된 말씀이지만 그것이 살아남는 방법이지 않을까 합니다."

카림의 말에 반박하지 못하고 인정해 버린 베르누크였다. 난세에는 약아야 살아남는다. 대의명분이고 뭐고 간에 말이다. 그런 면에서 보면 베르누크 자신은 너무 우직했다.

베르누크는 솔직한 심정으로 그렇게까지는 하고 싶지 않았다. 정치 놀음이라는 것 말이다. 지금 히르센과 이스턴은 전쟁을 정치 놀음으로 해결하고 있었다.

베르누크는 마음에 안 들었다. 겉으로는 대의명분을 외치며 백성을 위한다는 말을 하면서, 과거 제국의 복수를 해야 한다고 외치면서, 뒤로는 밀약을 하고 장사를 하며 이익을 챙기고 있었다.

"난 정치할 인물은 못 되나 봐?"

베르누크의 말에 카림은 슬쩍 미소 지었다. 확실히 베르누크는 정치를 할 인물은 못 되었다. 하지만 베르누크의 곁에는 많은 이가 모여 있었다. 모략과 계략에 능한 정치가 아닌 마음을 담은 정치를 하는 이들이 말이다.

"국왕 폐하께서는 이미 정치를 하고 계십니다. 다만, 그들과 다르게 정직하고 올바르게 백성을 위한 정치를 하십니다. 그들과는 달리 말을 하지는 않지만 이미 몸으로 혹은 마음으로 전해져 오는 정치 말입니다."

자신의 말에 카림의 칭찬이 이어지자 멋쩍은 듯이 잠시 당황하는 베르누크였다. 결코 그런 말을 듣자고 한 말이 아니었으니 말이다.

"커흠. 큼. 사람 참. 어쨌든 두 왕국은 그렇게 되고, 변하지 않을 것 같던 바이큰 왕국도 6년이라는 짧은 시간 동안 굉장히 많이 변해 버렸군."

"상대적으로 낮은 문명입니다. 서부의 한쪽을 차지하고, 왕국을 세웠다 하지만, 물이 낮은 곳에서 높은 곳으로 흐르는 만무합니다. 당연히 별할 수밖에 없습니다. 물론 생각보다 빨리 그들의 정신이 붕괴된 것 같기는 합니다만."

그렇게 말을 하고는 있지만 카림과 베르누크는 왜 그렇게 된 것인지는 대충 짐작하고 있었다. 지금 던가드를 지키고 있는 바이큰 부족은 전통을 지켜 나가며 나름의 발전을 꾀하는 쪽일 것이고, 바이큰 왕국을 세운 쪽은 아마도 급진적인 사상을 지닌 자들일 가능성이 높았다.

대체로 급진적인 사상을 가진 쪽은 지지 기반을 탄탄하게 다지기에는 시간이 부족하다. 하니, 가장 먼저 힘을 사용할 것이고, 그다음은 자신의 지지 기반을 다지기 위해 급진적인 정책을 펼치게 된다.

그들에게 있어서 급진적인 정책이란 무엇일까? 답은 간단했다. 수구 세력을 저지하고, 편함을 추구하면 된다. 문명이 발달한다는 것은 인간의 편안함이 증대된다는 것과 일맥상통하니 말이다.

그에 6년이라는 짧은 기간이지만 급진적인 세력에 의해 그들의 정신이 급속도록 나태해지고 호전적으로 변하면서 지금과 같은 파벌이 생긴 것이다.

"본국에 남은 병력이 20만. 결국 지금 여기 있는 병력만으로 전쟁을 치러 나가야겠군."

"아마도 전쟁의 양상이 생각보다 치열하게 전개될지도 모르겠습니다."

"아무래도… 그렇겠지."

이제는 일대일의 대결 구도였다. 만약 카림의 말처럼 된다면 조만간 히르센 왕국은 바이큰 왕국과 동맹을 맺을 것이다.

그리고는 동부를 기습적으로 치고 들어갈 것이고, 그에 동부
는 병력을 남부로 돌릴 것이다.

그때 바이큰 왕국은 동부와 남부로 갈라져 있던 병력을 일
거에 모아 던가드를 다시 회복하기 위해 북으로 군을 돌릴 것
이다. 물론 그중 일부는 폴라리스 왕국의 본국을 노릴 수도
있음이었다.

해서 본국에 남아 있는 병력을 추가 지원해 달라 할 수도
없는 상황. 결국 인구 문제가 지금에 와서는 치명적인 약점으
로 작용하고 있었다. 한 가지 희망은 던가드를 지키며 버티는
동안 레너드가 빠르게 대평원을 정리하는 것이다.

대평원만 정리된다면, 그 어떤 적이 와도 지지 않을 자신이
있는 베르누크였다. 마스터와 마법사, 그리고 적에게 알려지
지 않는 정령사의 존재는 분명 몇 백만에 해당하는 힘을 줄
수 있음이니 말이다.

*　　　*　　　*

"호오~ 바이큰 왕국에서 사신이?"

"그렇사옵니다."

히르센의 왕도가 있는 멜버른. 과거 티아고 로드리게스 후
작의 영지였고, 지금은 히르센 왕국의 수도가 된 곳이었다.

그 왕도의 중심에 자리한 히르센 왕궁.

오전, 오후 일과를 모두 마친 귀족들과 행정 관료들이 물러난 왕궁의 집무실은 과거 히르센 제국의 황궁 집무실을 축소해 놓은 듯한 착각을 불러일으켰다.

그리고 지금 그 자리에는 이제는 히르센 왕국의 국왕이 된 티아고 로드리게스 폰 그라함 히르센과 그의 군사인 로버트 오펜하이머 후작, 그리고 재상으로 있는 헤르만 괴링 후작이 자리하고 있었다.

"그들이 왜 오고 있을까?"

말을 늘이는 품새가 이미 짐작하고 있음이었다. 하지만, 군사장 오펜하이머 후작은 침착하게 그들이 사신을 보내게 된 경위를 설명하였다.

"던가드가 폴라리스 왕국의 수중으로 떨어졌사옵니다. 아무래도 뒤통수에 비수를 들이대는 격이니, 그들은 제거하지 않고는 그 어떤 군사적 행동도 할 수 없는 바이큰 왕국이옵니다. 하지만 지금 현재 바이큰 왕국은 이스턴 왕국과 함께 아국과 동시에 전쟁을 치르고 있사옵니다. 한 손으로 세 손을 막아야 하는 판국이니, 그들도 어쩔 수 없는 선택이었을 것이옵니다."

확실히 그러했다. 바이큰 왕국으로서는 자존심만 내세울 수 없는 상황이 되어버린 것이었다. 그리하여 죽자고 싸우던 히르센 왕국과 이스턴 왕국에 사신을 보낸 것이라 할 수 있었다.

"그들을 내쳐야 하옵니다."

군사장 오펜하이머 후작의 말을 들은 히르센 왕국의 재상인 괴링 후작이 진심을 다해 외쳤다.

"어째서 그래야 하오?"

"아직은 시기상조이옵니다. 이제 갓 6년이 지났사옵니다. 기나긴 전쟁과 폭정으로 백성들이 지쳐 있다 하나, 히르센 왕국의 근간을 이루는 것은 바로 멸망한 히르센 제국이옵니다. 한데 어찌 그들을 맞아들일 수 있겠사옵니까?"

재상의 주장은 지극히 원론적인 주장이라 할 수 있었다. 맞는 말이지만 지금의 로드리게스 히르센 국왕의 심정과는 조금은 동떨어진 주장이었다. 그는 지금 결과가 없는 전쟁에 속이 타들어가고 있는 실정이었다.

전쟁을 가장 먼저 주창한 것도 자국이요, 폴라리스 왕국이 던가드를 점령하게 이스턴에 요청한 것도 자국이었다. 그리고 폴라리스 왕국보다 먼저 군사를 일으켜 바이큰 왕국의 남부를 치고 들어간 것도 자국이었다.

그런데 겨우 반년의 시간이 지났음에도 전선은 움직일 줄 몰랐다. 최초 호호탕탕하게 기습을 하여 두 개의 성을 빼앗은 이후, 바이큰 왕국의 강력한 방어, 공격에 오히려 빼앗은 두 개의 성을 다시 잃어버리고 말았다.

그리고 이어지는 지리한 공방전. 이미 수십만의 사상자가 발생했지만 실질적인 바이큰 왕국군의 손실은 거의 없다고 봐도 무방했다. 전투의 가장 선두에 선 것은 바로 과거 제국의 귀족들과 백성들이었으니 당연한 것이었다.

그에 로드리게스 히르센 국왕은 자존심이 매우 많이 상한 상태였다. 미개하다 여겼던 바이큰 왕국을 상대로 우위를 점하지도 못하고, 경시하던 폴라리스 왕국은 전쟁을 주도하며 욱일승천하니 당연한 것이었다.

그러한 판국에 너무나도 원론적인 주장을 하는 재상의 말이 마음에 들지 않았음은 물론이고, 그러한 심중은 고스란히 그의 얼굴에 드러나게 되었다.

'재상으로서는 유능하나, 너무 고지식하다.'

그것이 로드리게스 히르센 국왕을 고민에 젖게 했다. 고지식하나 그는 유능했다. 작금의 히르센 왕국에 없어서는 안 될 중요한 인재라는 것이다. 그러하니 고민이 깊어질 수밖에 없었다.

"어차피 겪어야 할 과정입니다."

"하지만 너무 빠르지 않소? 아직도 히르센 제국을 무너뜨리는 데 결정적인 역할을 한 것이 누구인지 기억하는 자는 많소이다."

　군사장인 오펜하이머 후작과 재상인 괴링 후작. 둘 다 맞다. 하지만 지금 구미에 당기는 것은 바로 오펜하이머 후작의 발언이었다. 어차피 겪어야 할 일. 조금 일찍 겪는다고 달라질 것은 하나도 없다.

　또한, 바이큰 왕국이 아니더라도 이스턴 왕국이나 폴라리스 왕국, 두 왕국 다 자신의 발 아래 복속시켜야 함은 틀림없는 사실이다. 거기에 지금은 이 보 전진을 위한 일 보 후퇴라는 기다림의 시간을 가져야 할 때였다.

　"재상 각하께 묻겠습니다. 폴라리스 왕국을 어찌 생각하십니까?"

　"그야 바이큰 왕국의 족속들과 다르지 않은 자들입니다. 과거 황도 탈환 작전 시에 무례하게도 감히 국왕 폐하의 면전에서 홀로 행동하겠다고 했지요. 또한, 그들은 히르센 제국의 중황조이신 푸치닌 황제 폐하 이래로 등용조차 하지 않았소. 그 연유가 그들은 바이큰족들과 내통하여 역모를 꾀했기 때문이 아니겠소. 하니, 폴라리스 왕국은 근본이 제국의 신민이었으나 은혜를 저버린 자들. 바이큰족과 다르지 않은 자들이오."

　괴링 후작은 열변을 토했다. 평소 극렬하게 폴라리스 왕국과 바이큰 왕국을 지탄하던 태도 그대로였다. 그에 오펜하이머 후작은 고개를 주억거리며 동의했다.

“맞습니다. 그러하지요. 우리의 손에 그들의 피를 묻히는 것조차 아까운 놈들입니다. 해서 바이큰 왕국을 이용해서 그들을 치려 합니다. 그리자면, 당분간 오명을 뒤집어쓰더라도 바이큰 왕국을 다독여 그들을 치게 해야만 합니다. 기실 바이큰 왕국과 폴라리스 왕국이 서로 물어뜯고, 피를 많이 흘릴수록 아국에게 이롭지 않겠습니까? 아국과 격이 맞는 주적은 폴라리스 왕국이나 바이큰 왕국이 아닌 바로 이스턴 왕국이 아니겠습니까?”

“그야…….”

괴링 후작은 당연하다는 듯이 고개를 끄덕이며 오펜하이머 후작의 말에 수긍을 했다. 동부의 이스턴 왕국이라면 당대의 히르센 왕국과 격이 맞는 진정한 적수라 할 수 있었다.

“또한, 지금 폴라리스 왕국은 의도치 않게 전쟁을 주도하고 있습니다. 이는 절대 좌시할 수 없음입니다. 전쟁은 아국에 의해서 시작되었고, 아국에 의해 주도되어야 하며, 아국에 의해 전쟁이 끝이 나야 합니다. 그리고 그 전쟁이 끝남과 동시에 다시 히르센 제국이 서야만 합니다. 한데, 그 후안무치한 폴라리스 왕국이 전쟁을 시작하고 주도하다니요. 있을 수 없는 일입니다.”

논리 정연하지만 무언가 감정에 호소하는 듯한 오펜하이머 후작의 말에 괴링 후작은 연신 고개를 끄덕일 수밖에 없었

다. 평소에는 말이 없고 신중한 입장을 견지하는 오펜하이머
후작이 저리도 정열적으로 열변을 토하니 반드시 그래야만
하는 것처럼 느껴졌다.

하지만 정작 괴링 후작이 고개를 끄덕인 이유는 지금 오펜
하이머 후작이 말하는 것이 평소 자신이 주장하던 그대로이
기 때문이었다. 그러하기에 격하게 공감하는 것이었다.

"해서 그 시기를 조금 앞당기고자 합니다. 바이큰 왕국으
로서 폴라리스 왕국으로 치게 할 생각입니다. 바이큰 왕국과
폴라리스 왕국이 전쟁을 치른다면, 누가 이기든 반드시 그 힘
이 약해지게 마련입니다. 바로 그 순간을 노리는 것이지요."

"하면, 이스턴 왕국은 어찌할 생각이오? 어차피 그들 역시
넘어야 할 산이거늘."

괴링 후작의 말에 빙긋 웃는 오펜하이머 후작이었다. 그것
은 승리의 웃음이라기보다는 왠지 모르게 모든 것이 생각대
로라는 그런 웃음이었다. 하지만 괴링 후작은 그것을 보지 못
했다.

그 웃음은 나타날 때보다 빠르게 사라졌기 때문이었다.

"이미 어느 정도 알고 계시지 않습니까? 전초전을 치러야
합니다. 이스턴 왕국의 힘을 약화 시킬 필요가 있으니 말입니
다."

"그렇겠지요."

괴링 후작이 주억거리자, 오펜하이머 후작이 슬쩍 도움을
청했다.

"해서 이빈 바이큰 왕국의 사신이 온다면, 재상 각하께서
직접 그들을 맞이하셨으면 합니다. 짐승이란 채찍이 필요할
때가 있는가 하면 당근이 필요할 때도 있습니다. 지금은 그들
에게 당근을 주어야 할 때라 생각됩니다."

"옳소. 내 그리하리다."

그에 지금까지 침묵을 지키고 있던 로드리게스 국왕이 입
을 열었다.

"하면, 재상께서는 지금 즉시 움직이셔야 할 것이오. 당근
을 준비하려 한다면, 확실하게 그들을 사로잡아야 하지 않겠
소?"

"국왕 폐하의 명을 받사옵니다."

길게 읍을 하고 뒷걸음질로 집무실을 나가는 괴링 후작이
었다. 그 모습을 흐뭇하게 바라보고 있던 로드리게스 국왕은
괴링 후작이 완전히 집무실을 벗어남을 보고는 얼굴을 굳히
고 오펜하이머 후작에게 말했다.

"잘하셨소. 필요한 인재이나 너무나 고지식해서 말이오."

괴링 후작을 평하는 로드리게스 후작은 손사래까지 쳤다.
그 모습에 웃으며 답을 하는 오펜하이머 후작이었다.

"지금의 왕국에는 그런 자도 필요하옵니다. 오로지 통일된

히르센 제국만을 원하는 충신이지 않사옵니까?”

“그렇기는 하오만 다루기가 쉽지 않아 말이오. 뭐, 어쨌든 후작의 추측대로 된다면, 아국이 이스턴 왕국의 어디를 공격해야 하는 것이오?”

“바로 이곳이옵니다.”

어느새 벽면 가득히 채운 제국 전도 앞으로 다가간 오펜하이머 후작은 동부 이스턴 왕국의 한 지점을 가리켰다. 그 가리킨 지점을 유심히 살펴보는 로드리게스 국왕이었다.

“그곳은……”

“맞사옵니다. 이곳은 스웰던이옵니다.”

“앨프론 산이 있는 곳이 아니던가? 웬만한 북부의 산보다 더 험하기로 유명하고, 넓기로는 두 개의 백작 영지와 한 개의 후작 영지, 그리고 세 개의 남작 영지가 그 산과 맞닿아 있는 곳이지 않소?”

말이 산이지 로드리게스 국왕이 말한 대로라면 거의 산맥이라 해야 옳을 것이었다. 동부를 장악하고 있는 이스턴 왕국은 산이 거의 없다. 남부의 히르센 왕국만큼이나.

그중 가장 험악한 산이 바로 스웰던 지역의 앨프론 산이었다. 거의 산맥급에 해당하는, 거칠고 험악하며 만년설이 쌓여 있는 곳. 그러하기에 많은 귀족의 별장이 존재하는 곳.

그러면서 동부의 중심이라기보다는 남부에 더 가깝게 있

으며, 앨프론 산의 지류가 남부 히르센 왕국의 영토 안에도 뻗어 있을 정도로 거대한 크기를 자랑하는 산.

"스웰던 지역의 앨프론 산을 점령한다면, 두 개의 백작 영지와 한 개의 후작 영지, 그리고 세 개의 남작 영지는 물론이요, 앨프론 산에 있는 귀족들의 별장을 장악할 수 있사옵니다."

"흐음……."

맞는 말이기는 하다. 하지만 자신들이 알고 있을 만큼 중요한 지역을 이스턴 왕국은 모르고 있을까? 하는 생각이 드는 로드리게스 국왕이었다.

하지만, 그러한 로드리게스 국왕의 의문을 모를 리 없는 군사장인 오펜하이머 후작이었다. 그 의문은 당연하다. 내가 알면 상대도 안다. 그것은 지략을 짜는 데 있어서 필히 염두에 두어야 할 생각이었다.

"그들도 그것을 알고 있사옵니다. 해서 그곳에 많은 병력을 주둔시키고, 그 지역에서 가장 큰 영지를 가진 벨라트론 후작을 스웰든 사령관에 임명하여 그곳을 관리하고 있사옵니다."

"그런데 그곳을 공략하고자 하는 연유가 무엇이오?"

"힘이 빠지기를 기다리는 것이옵니다."

"힘?"

"그렇사옵니다."

힘이 빠지기를 기다린다는 것은 바로 바이큰 왕국과 폴라리스 왕국을 말함이다.

로드리게스 후작이 로드리게스 국왕이 된 것은 단순히 그가 마스터이기 때문만은 아니다. 정치적인 안목과 군사적인 안목, 그리고 사람을 볼 줄 안목 덕택이다. 그러하니 일국의 국왕이 된 것이다.

그러한 그가 지금 오펜하이머 후작이 하는 말을 못 알아들을 리 없는 것이다.

"형식적인?"

"보여줘야 하니 어쩔 수 없지 않겠사옵니까?"

"하면, 이스턴 왕국은?"

"마법 통신을 하심이 어떠하실는지요."

"그것도 괜찮군."

괜찮은 것이 아니라 훌륭했다. 형식적이라고는 했지만 여차하면 바로 점령할 수 있도록 해야 한다. 물론 이스턴 왕국과는 사전에 밀약을 하겠으나, 그 밀약은 바이큰 왕국과 폴라리스 왕국간의 전쟁에 대한 밀약이지, 스웰던 지역의 앨프론산에 대한 밀약은 아닐 것이다.

✳　　✳　　✳

이합집산　253

“허어~ 그들이 그리도 급했던가?”

“아무래도 던가드를 점령해 버린 폴라리스 왕국 때문이 아니겠사옵니까?”

이곳은 이스턴 왕국의 심장부.

밀리예프 국왕과 그의 참모장이자 이스턴 왕국의 유일한 공작이 된 어니스트 멘테스 공작이 머리를 맞대고 있었다. 그 둘은 지금 왕궁의 정원 중심에 놓인 다탁을 가운데 두고 차를 마시고 있었다.

“아국은 어찌해야 한다고 보는가?”

“그들과 연계하기는 시기상조이옵니다. 겨우 6년. 잊히기에는 시간이 너무 짧사옵니다.”

“하면, 거절해야 하겠군.”

“조건을 보고 결정해도 늦지 않을 것이옵니다.”

흐릅!

다탁에 놓인 찻잔을 들어 가볍게 한 모금을 마신 밀리예프 국왕은 무언가 깊이 생각하는 모습이었다. 그리고 입에 머금었던 다향을 서서히 음미하며 고급스러운 찻잔을 내려놓았다.

“향후 전망은 어떻게 보는가?”

“폴라리스 왕국과 바이큰 왕국 간의 전쟁이 될 것이옵니다.”

“듣고 싶군.”

그에 이번에는 멘테스 공작이 조심스럽게 다탁의 찻잔을 잡아 한 모금 마셨다. 생각을 정리하는 것인지, 아니면 그저 망중한을 즐기는 것인지 그의 행동은 무척이나 여유로웠다.

“아마도 사신은 히르센 왕국에도 갔을 것이옵니다.”

“그러하겠지.”

“중요한 것은 히르센 왕국의 반응이라고 할 것이옵니다.”

“히르센 왕국도 거절하지 않겠나?”

“들려오는 정보에 의하면, 히르센 왕국은 바이큰 왕국의 사신을 사신으로서 준비하고 있다 하옵니다.”

“그렇다는 것은…….”

밀리예프 국왕의 이마에 내천자가 그려졌다. 의외의 상황이라는 것에 신경이 쓰이는 모양이었다. 바이큰 왕국에 대하여 가장 강경한 입장을 내세우는 그들이다. 그런 히르센 왕국이 그들을 사신으로서 준비한다면 바이큰 왕국을 인정한다는 말이 되는 것이었다.

“의외로군.”

심각한 표정이 된 밀리예프 국왕은 다시 찻잔을 잡아갔다. 그에 멘테스 공작은 아무 말 없이 그저 찻잔을 응시하고 있었다. 지금은 조금의 시간이 필요할 때였다.

기실 네 개의 왕국의 갈라져 있으나, 바이큰 왕국을 제외하고 세 왕국은 한 뿌리나 마찬가지다. 특히나 개인적으로는 폴라리스 왕국과의 친분 외교를, 히르센 왕국과는 든든한 우군으로서의 외교를 펼치고 있었다.

폴라리스 왕국 같은 경우 워낙 박대를 받고 냉정했었던지라 그 노선을 변경한다면 오히려 충분히 인정할 수 있겠으나, 그렇게 강경하던 히르센 왕국이 노선을 변경했다는 것에 대해서는 상당한 충격이 발생했다 할 수 있었다.

"결국 히르센 왕국은 바이큰 왕국과 손을 잡을 가능성이 높겠군."

"그러할 것이옵니다. 더군다나 지금 아국과 히르센 왕국은 실제적으로 이득이 없는 소모전 양상을 띠고 있사옵니다. 생각 외로 바이큰 왕국의 전력이 강한 탓도 있지만, 서로 견제를 하고 있기에 모든 전력을 전장에 투사할 수 없기 때문이옵니다."

그러했다. 바이큰 왕국은 어떠할지 모르나, 폴라리스 왕국과 이스턴 왕국, 그리고 히르센 왕국은 이 전쟁에 전력을 투사할 수 없었다. 병력을 일으키기는 1백만에 육박할 정도로 일으켰으나 실제적으로 전투를 치르는 부대는 많지 않았다.

그러하니 당연히 전선이 좁아졌고, 전선이 좁아지다 보니 이렇다 할 작전도 없이 그저 버티기로 넘어가고 있었던 것이다.

또한, 그들이 상대해야 할 병력이 바이큰 왕국의 전사들이 아니라 과거 제국의 유민들이라는 점에 난처해할 수밖에 없었다.

하지만 이스턴 왕국은 바이큰 왕국에 밀리지 않고 침착하게 전진해 두 개의 성을 점령하고 지켜내었다. 비록 큰 의미 없는 두 개의 성이지만, 히르센 왕국과 다르게 승리를 했고, 지켜내고 있는 것이었다.

그러한 와중에 폴라리스 왕국이 던가드를 점령하고 나니 상황이 급변했다. 바이큰 왕국의 숨통을 막으니 바이큰 왕국의 공세가 급변했고, 그 무지막지한 공세에 점령한 두 개의 성은 물론이고, 과거 황도였던 아펠란까지 내주고 뒤로 밀리고야 말았다.

이에 급급해진 이스턴은 어떻게 해서든지 돌파구를 찾아내야만 했다. 제국의 황도였던 아펠란은 여러 가지 의미로 상당히 중요한 곳이었다. 지금은 그곳은 상인들의 수도인 상도라고 불리기도 하니까 말이다.

그러던 중 바이큰 왕국의 사신이 온다는 것이다. 그 속내는 뻔하다. 동맹 아니면 휴전.

"아국이 취해야 할 전략은 무엇이라 보는가?"

"결국에는 폴라리스 왕국을 버릴 수밖에 없을 것이옵니다. 하나, 아직은 아니옵니다. 최소한의 끈을 그들과 연결시켜 놓고 있어야 할 것이옵니다."

그럴 수밖에 없다는 것을 알면서도 막상 참모장인 멘테스 공작의 입에서 그 말이 나오니 얼굴이 굳어지는 밀리예프 국왕이었다. 이것은 인간적인 고뇌라 할 수 있었다.

"결국 그렇게 되는군."

"어쩔 수 없는 선택이옵니다. 또한, 누구도 손가락질할 수 없음이옵니다."

"알고 있음에도 썩 기분이 좋지는 않군."

"어쩔 수 없사옵니다. 네 개의 왕국 모두가 백중세인 지금은 힘을 아끼는 것이 최선이옵니다. 어차피 히르센이 그 팽팽한 힘겨룸에서 빠진다면, 아국 또한 빠져야 하옵니다. 그리하여, 바이큰과 폴라리스 둘 중 하나가 남을 여지가 있을 때 정리를 하는 것이 지금으로서는 아국의 힘도 아낌과 동시에 차제에 히르센과 겨룰 힘을 기르는 것이옵니다."

멘테스 공작 역시 히르센의 군사장인 오펜하이머 후작과 다르지 않았다. 늑대와 이리의 싸움에 굳이 힘 낭비 할 필요 없다는 것이었다. 어찌 되었든 피투성이가 되면 그때 목덜미를 물어뜯겠다는 말이었다.

"만약 바이큰 왕국과 히르센 왕국이 손을 잡는다면, 바이큰 왕국과 폴라리스 왕국과의 전쟁이 될 가능성이 농후하옵니다. 지금 현재 반년의 시간이 지났사오나, 그 반년 동안 이어진 전투는 결코 쉽게 회복될 것은 아니옵니다."

전쟁의 양상이 그러했다. 대부분의 손실은 전쟁이 발발한 3개월 이내 나온 것이었다. 그리고 5개월간 이어지는 지루한 소모전 양상의 공방전. 애초에 허장성세와 함께 시선을 붙잡아둘 목적이었으나, 그러함에도 불구하고 바이큰 왕국을 경시하고 평가절하하는 바람에 입은 손실은 이루 말할 수 없을 정도로 컸다.

물론 바이큰 왕국도 손실이 컸을 것이나, 그들이 내세운 것은 바이큰족의 전사가 아닌 과거 히르센 제국 시절의 유민들, 혹은 바이큰 왕국에 들러붙은 귀족들에 의해 구성된 귀족군이었다. 하니, 실제적으로 바이큰 왕국의 근간을 이루는 바이큰 전사들의 전력은 그대로 남았다는 것을 의미했다.

"또한, 바이큰 왕국과 폴라리스 왕국 간의 전투는 1년이나 2년 이내의 단기전으로 끝날 가능성이 높사옵니다. 폴라리스 왕국은 왕국민이 적다는 치명적인 단점이 있고, 바이큰 왕국은 던가드가 점령당하여 본토와의 연결이 끊겼다는 단점이 있기 때문이옵니다."

"그렇겠지."

묵직한 밀리에프 국왕의 음성이 들렸다. 그의 목소리는 지극히 차분했으며, 조금은 힘이 빠진 목소리였다. 그렇다 해서 실망하는 빛이나 자책의 빛을 띠우지는 않았다.

밀리에프 국왕이 아무리 우유부단한 성격이라 하나 일국의 왕. 무엇이 우선이고 무엇이 후순위인지 정확히 알고 있었다. 그에 참모장인 멘테스 공작은 고개를 끄덕이며 말을 이었다.

"해서 아국은 폴라리스 왕국과의 끈도, 히르센 왕국과의 끈도, 그리고 지금 전쟁 중에 있는 바이큰 왕국과의 끈조차도 놓으면 안 되옵니다."

"지금 그 말은 전쟁의 이후도 생각해야 한다는 것인가?"

"그렇사옵니다. 바이큰 왕국과 폴라리스 왕국의 전쟁. 그것은 실로 장담할 수 없는 일전이 될 것이옵니다. 바이큰 왕국은 물론이거니와 과거 폴라리스 왕국을 이끌던 국왕을 떠올리시면 결코 그 전쟁이 한쪽으로 기울 수 없다는 것을 예상할 수 있사옵니다."

그러했다. 히르센 왕국은 모르는 것이 하나 있었다. 폴라리스 왕국의 국왕과 함께 전장에 있어보지 않았다는 것이었다. 소문으로 듣는 것과 눈으로 보고 몸으로 체험한 것은 완연히 다르다.

이스턴 왕국이 제국의 후신임을 자처함에도 그토록 경시하던 북부를 살갑게 대하는 것은 이유가 있어서이다. 바로 과거 베르누크가 이끌던 기사들과 병사들의 위용을 직접 경험했기 때문이었다.

또한, 밀리예프 국왕은 후작 시절 북부를 돌아 베르누크의
영지 역시 구석구석 돌아봤고, 지금에 와서 북부가 몬스터의
부산물, 마나석, 그리고 비누라는 상품으로 대륙의 돈을 긁어
모으고 있는 것도 알고 있었다.

"그의 능력이라면, 과거 우리가 보았고 경험했던 그라면,
이번 전쟁의 끝을 예측할 수 없음이로군."

"그러하옵니다. 해서 최종적으로 그들과 적이 될지는 몰라
도 지금은 그들과의 관계를 끊을 수 없사옵니다. 물론, 히르
센 왕국은 그 입장이 다를 것이옵니다. 바이큰 왕국이나 폴라
리스 왕국이나 똑같은 족속으로 보고 있으니 말이옵니다."

멘테스 공작은 히르센 왕국의 생각을 너무나도 정확히 꿰
뚫고 있었다.

"해서 히르센 왕국은 바이큰 왕국과 동맹을 맺을 것이고,
아국과는 또 다른 밀약을 시행할 수도 있다는 말인가?"

"그러하옵니다."

"하지만 밀약은 밀약일 뿐. 결국 자신들의 잇속을 챙기기
위해서 언젠가는 다시 칼날을 들이 밀겠군."

"당연한 수순이옵니다."

단번에 모든 것을 파악해 내는 밀리예프 국왕과 멘테스 공
작이었다. 거기까지 말을 하고 둘은 한참 동안 말이 없었다.

"우리가 해야 할 일은 무엇인가?"

"히르센 왕국의 손을 들어주고 당해줘야 하옵니다. 그들의 방심을 이끌어낼 수 있도록 말이옵니다. 또한, 폴라리스 왕국에는 약속된 식량보다 더 많은 식량을 보내 그들의 민심을 아국으로 조금씩 돌려야 하옵니다."

멘테스 공작은 지금 당장의 일보다는 먼 훗날의 일을 준비하고 있었다. 전쟁이 완료되면 바이큰 왕국이나 혹은 폴라리스 왕국 두 왕국 중에 하나는 필히 멸망할 것이고, 그 멸망하는 과정에서는 반드시 유민이 발생하게 되어 있다.

전쟁의 시대가 도래한 지금, 왕국을 지탱하는 백성들은 바로 군사력이고, 권력이라 할 수 있다. 단기전이든 장기전이든 모든 전쟁은 귀족들이 수행하는 것이 아닌 병사들이 수행하는 것이니 말이다.

"공작의 생각대로… 실행하게."

"국왕 폐하의 명을 받습니다."

결국 밀리예프 국왕은 멘테스 공작의 계획을 승인했다. 아니, 그렇게 할 수밖에 없었다. 이것은 자신만이 아니라 이스턴 왕국의 운명이 걸려 있었기 때문이었다.

*　　　*　　　*

"결국 후작의 예상대로 흘러가고 있군."

"대안이 없는 선택과 같은 것입니다."

베르누크와 카림이 왕성의 테라스에 마주 앉아 있었다. 둘만의 자리 혹은 측근과의 자리에서는 극존칭을 생략하는 카림이었다. 그것은 카림이 원하는 것이 아닌 베르누크가 원하는 것이었다.

베르누크는 자신이 국왕이 되어서 변하는 것을 항상 주의했다. 사람인 이상 변한다는 것을 알지만, 그 변함을 최소화하고자 하는 것이 베르누크의 생각이었다.

그것과 극존칭을 사용하지 않는 것과 무엇이 관계가 있는가 하고 묻는다면, 결론적으로 관계가 있다.

자신에게 있어서 이들은 과거에서부터 이어온 인연이었다. 그 인연에서 항상 베르누크는 과거를 생각하고, 경각심을 일깨우고 있는 것이었다. 이들마저 자신에게 극존칭을 사용한다면, 과거와 달리 하고 싶은 말을 하지 못한다.

예의는 가끔 진심을 감추려는 가면으로 사용됨과 동시에 신분을 하나에 고착시켜, 반드시 그 신분에만 집착하게 만들기 때문이다. 안정적인 건 좋은 점이지만, 나쁜 점은 도무지 움직일 생각을 안 한다는 것이었다.

"결국 히르셴 왕국은 바이큰 왕국과 손을 잡을 것이고, 이 전쟁을 우리와 바이큰 왕국 간의 전쟁으로 몰아가는 한편, 이스턴 왕국과 손을 잡겠군."

"거기에 하나 더해야 하는 것은, 바로 이스턴 왕국은 히르센 왕국과 손을 잡고 전쟁을 위장한 우호를 다지게 될 것이며, 아국과 바이큰 중 둘 다 망기를 혹은 하나만이라도 패망하기를 기다릴 것이라는 사실입니다. 힘을 기르면서."

"흐음."

한숨을 잠시 내쉬며 무언가 골똘히 생각하는 듯한 베르누크였다. 무언가 마음에 들지 않았다. 5년의 식량도 아직 다 도착하지 않았다. 원래의 조건대로 돌아가지 않는 것이다.

"당할 수만은 없는데……."

끝말을 흘리며 은근히 카림을 바라보는 베르누크였다. 그것은 당할 수만 없으니 어서 대책을 내놓으라는 무언의 압박과도 같은 것이었다.

"뭐, 바이큰 왕국과의 전쟁이야 굳어진 상태이고, 문제는 바로 히르센 왕국과 이스턴 왕국의 관계일 것입니다."

"그 틈을 비집고 들어갈 수 있겠지?"

히죽 웃으며 기대에 찬 눈으로 카림을 바라보는 베르누크의 눈동자. 반드시 있어야만 한다는 당위성을 부여한 채 말이다.

"위장 전쟁을 진정한 전쟁으로 만들면 됩니다."

"어떻게?"

카림의 말에 의자에 묻었던 몸을 일으켜 세우며 베르누크가 탁자에 바짝 다가앉았다.

"잊으셨습니까? 제가 이래 보여도 당대 현자의 탑의 수장입니다. 현자의 탑은 잠깐 흔들리기는 했으나 여전히 건재하고, 지금은 그 세를 더하고 있습니다. 현자의 탑에서 배출된 현자들이 과연 얼마나 된다고 생각하십니까?"

카림의 물음에 베르누크는 불현듯 깨달을 수 있었다. 카림은 현자의 탑의 탑주이다. 지금도 그러하고, 과거에도 그러했다. 물론 카림에 반하는 현자도 있겠으나, 그렇다고 해도 그들이 현자의 탑 출신이 아닌 것은 아니다.

"그들을 움직이기가 쉽지 않을 터인데?"

"물론 그렇습니다."

현자의 탑 출신이라 해서 무조건 현자의 탑을 위해 일하지는 않는다. 자신들이 선택한 마스터를 위해 자신의 머리를 바치는 것이 현자의 탑의 율법. 그러한 현자들을 움직이는 것은 결코 쉽지 않다.

"하지만, 현재 현자의 탑은 폴라리스 왕국에 있고, 많은 현자가 현자의 탑에서 학문을 연구하고 있습니다. 그들의 머리에서 나오는 전략이라는 것이 자못 궁금하시지 않습니까?"

확실히 궁금했다. 현자의 탑은 비단 행정 인원만을 길러내지 않는다. 군사, 경제, 행정 등 수 많은 곳에 관여하고 있는 곳이 바로 현자의 탑이었다.

"자신 있으면, 실행해. 기대하고 있을 테니까."

그 말을 남기고 일어서는 베르누크였다. 그에 카림 역시 일어섰다.

"그리고, 우리도 슬슬 그들을 맞이할 준비를 해야 하겠구만."

"이미 준비는 완료되었습니다. 롬멜 백작과 브레이커 백작이 일군을, 국왕 폐하와 테레지아 백작이 일군을 맡을 것입니다. 더불어 국왕 폐하와 테레지아 백작은 돌격 부대입니다."

돌격 부대라는 말에 가는 걸음을 멈추어 세운 베르누크였다. 그리고 스윽 카림을 바라보았다.

"나더러 선봉에 서라고?"

"그럼 우회하시겠습니까?"

"무슨 말을 못하게 해."

카림의 말에 아주 흡족한 듯 미소를 짓고 베르누크가 하는 말이었다. 만족한다는 뜻일 것이다.

"롬멜 백작과 브레이커 백작이 우회하는 동안 혼자 싸우셔야 합니다."

근심 어린 카림의 말에 피식 웃어 보이는 베르누크였다.

"그건 내가 제일 잘하는 거네. 그리고 혼자가 아니고, 테레지아 백작도 있고, 후작도 있으니까. 이제 가자고. 여기서 계속 있을 수는 없잖아?"

가벼운 농담으로 베르누크가 테라스를 벗어났다.

다시 전쟁이 시작되려 한다. 잠시 소강되었던 전쟁이 불꽃처럼 일어나려 하고 있었다.

*　　*　　*

전운이 감돌 시기도 없이 북부의 폴라리스 왕국이 먼저 움직였다. 던가드라는 철옹성을 버리고 먼저 남진을 함으로써, 성벽에 의지해 싸울 것이라는 모든 이의 예상을 뒤엎어 버렸다.

이에 바이큰 왕국은 마치 기다리고 있었다는 듯이 동부와 남부의 두 왕국과 맞서 싸우던 병력을 빼 던가드 방향으로 이동시켰다. 물론 모든 병력을 이동시킨 것은 아니었다.

많은 전사자가 나왔다고는 하지만 아직 바이큰 왕국에는 수많은 병력이 남아 있었다. 제국의 유민과 바이큰족에 빌붙어 신분의 수직 상승을 꾀하는 귀족은 무수히 많았으니 말이다.

바이큰 왕국군 중 일단의 병력이 빠져나가자, 세상 사람들은 전쟁이 끝날 수도 있겠다라는 생각을 했다. 하지만 그러한 세상 사람들의 예상은 보기 좋게 빗나갔다.

바이큰 왕국군이 병력을 빼자 득달같이 몇 개의 성을 점령한 이스턴과 히르센 왕국은 그것으로 만족했는지 더 이상 전쟁을 수행하지 않고 전선을 유지했다.

그리고 오히려 접경 지역에 있는 일부 병력을 빼내기 시작했다. 바로 히르센 왕국이 이스턴 왕국과의 접경지 중의 하나인 스웰던 지역으로 병력을 이동시켰기 때문이었다.

"병력을 빼란 말이지?"

"그렇습니다. 그저 국경을 방비하는 수비군 정도만 남기고 모든 병력을 빼 남부의 히르센 왕국과의 접경 지역으로 이동하라는 명령입니다."

"히르센 왕국과의 접경 지역이라면……."

이스턴 왕국의 서부 수복전의 제3군 사령관인 돔네일 글리슨 백작은 유심히 구 제국 전도를 바라보았다. 그리고 하나의 지점을 바라보며 말을 내뱉었다.

"스웰던 지역인가? 그곳에는 왜?"

"히르센 왕국의 움직임이 심상찮다는 정보입니다."

"허어~"

물러가는 바이큰 왕국군을 바라보며 입맛을 다시는 글리슨 백작이었다. 본국의 명령에 알 수 없다는 복잡한 시선을 하며, 갑자기 한참을 물러나 다섯 개의 성을 내주고 대치하고 있는 바이큰 왕국군을 떠올렸다.

"무언가 내막이 있는 것 같군."

"그렇기는 합니다만 굳이 그런 것까지 신경 쓸 이유는 없다고 봅니다."

부관인 패리스 남작의 말에 고개를 끄덕인 글리슨 백작이었다. 어차피 자신은 체스판의 말과 같은 존재. 또한 군인이자 기사이다. 명령에 복종하면 그뿐이었다.

"이곳으로 누가 온다던가?"

"키로프 산맥에서 몬스터의 준동을 막고 있던 라이언 도일 백작이라고 합니다."

"뭐, 그라면 충분히 잘 할 수 있겠지. 이동할 준비와 인수인계 서류를 준비하도록 하게."

"명!"

그러한 현상은 비단 바이큰 왕국군과 대치하고 있는 이스턴 왕국군에만 일어나는 것이 아니었다. 그 반응은 조금 달랐지만, 히르센 왕국군 역시 같은 명령을 받고 황당해하는 바이큰 징벌 사령관 워리 데이비스 백작이었다.

"뭐? 군을 돌려 이스턴의 스웰던 지역을 치라고?"

"그렇습니다."

"이런 젠장할! 다 잡은 놈들이었는데. 도망가는 놈들을 빤히 지켜봐야 하다니. 도대체 윗대가리들은 생각이 있는 거야, 없는 거야?"

입에서 침까지 튀겨가며 펄펄 뛰는 데이비스 징벌 사령관이었다. 부관은 당연히 이럴 줄 알았다는 듯이 무표정한 얼굴로 데이비스 징벌 사령관의 화가 가라앉을 때까지 서 있었다.

"후욱! 후욱!"

거칠게 숨을 내쉬며 스스로를 진정시키는 데이비스 징벌 사령관의 옆을 조용히 지키고 있던 부관은 사령관의 상태가 이제 좀 진정이 되었다는 것을 확인했는지 조용히 입을 열었다.

"이미 말포이 사령관 각하께서는 이동 중에 있다고 합니다."

"뭐? 루시우스가?"

루시우스 말포이라면 데이비스 징벌 사령관과는 악연이라 할 정도로 첨예하게 대립각을 세우는 자로서, 만나기만 하면 서로를 못 잡아먹어서 안달이라 할 수 있는 자였다.

"그렇습니다."

"뭐하고 있어? 빨리 이동 준비해."

"명!"

말포이라는 말이 나오자마자 데이비스 사령관은 앞뒤 생각할 것도 없다는 듯이 부관에게 이동 준비를 명했다. 그는 빠른 걸음으로 문을 나서는 부관을 바라보며 심각하게 얼굴을 굳혔다.

"히르센이 변질된 것이냐……."

데이비스 사령관은 직감적으로 느낄 수 있었다. 과거의 히르센을 계승한 왕국은 없다는 것을 말이다. 있다면 아마도 히르센 왕국이나 이스턴 왕국이 아닌 바로 폴라리스 왕국이 될 것이다.

폴라리스 왕국은 히르센 제국 시절 가장 경시받았던 곳. 해서 히르센 제국이 무너질 당시에도 가장 냉소적이었던 세력이었다. 그러한데 지금에 와서 정작 히르센 제국을 무너뜨린 바이큰 왕국과 전쟁을 치르게 된 왕국은 폴라리스 왕국이었다.

"히르센 왕국이여! 나는 아직 마음을 정하지 않았다네. 부디 나를 실망시키지 말기를……."

그렇게 혼자 독백을 하던 데이비스 사령관은 커다랗게 아치형으로 되어 있는 창문 곁으로 다가가 뒷짐을 지고, 부산하게 움직이는 군영을 바라보고 있었다.

*　　*　　*

"폴라리스 왕국이 남진을 시작했다 하옵니다."

"크크크. 그냥 던가드에 처박혀 있을 것이지 사서 고생을 하는군. 대전사는 어디쯤인가?"

"이미 합류지점인 톨렌 지역으로 출발했다 하옵니다."

이곳은 바이큰 왕국의 국왕이 머무는 군막.

바이큰족의 대족장이자 바이큰 왕국을 이끄는 칼라한 국왕과 그에게 충성을 다하는 군사장 세이건 후작이 마주 앉아 대화를 하고 있었다.

"빠르군. 폴라리스 왕국군의 현재 병력 상황은?"

"최초 출병한 인원은 20만이었으나, 던가드와 그로 향하는 다섯 개의 성을 점령하며 제국의 귀족들과 유민들을 흡수한 지금은 총 48만의 병력이 되었습니다. 그리고 던가드와 주변 성에 병력을 주둔시킨 현재 출병한 적 병력의 수는 18만으로 추정되옵니다. 병력의 구성은 경기병과 궁기병, 그리고 보병 및 마법사단과 기사단으로 이루어져 있다 하옵니다."

군사장인 세이건 후작의 보고에 고개를 끄덕인 칼라한 국왕이었다. 별로 달라지지 않은 적의 병력, 아니, 오히려 더 늘었다고 할 수 있었다.

"흠. 문제는 마법사단인가?"

"그러하옵니다."

세이건 후작의 답에 카라한 국왕이 고민스러운 표정을 지었다. 병력이나 전사의 수에서 압도적인 바이큰 왕국이었다. 하지만 바이큰 왕국에 없는 단 하나가 전쟁의 승패를 좌우할 수 있음에 고민을 하지 않을 수 없었다.

"마법사 모집 건은 어찌 되었나?"

"개전 초기부터 적극적으로 모집하고 있사오나, 실효를 거두기가 어려웠사옵니다."

"끄음."

역시 앓는 소리를 내는 수밖에 없었다. 지금 바이큰 왕국에는 고위 마법사는 물론이요 마법사 자체가 굉장히 드물었다. 또한, 있다 하여도 야만인이라 지칭되는 바이큰 왕국 소속으로 전쟁에 참여하려 하는 마법사는 극히 드물었다.

그 연유는 바로 바이큰족의 마법사 경시 풍조 때문이었다. 그들이 마법사를 경시하는 풍조는 전사로서 앞으로 나서지 않고, 강하지도 않는 마법을 구사합네 하면서 뒤에서 꾸물거리는 것이 전사답지 않은 비겁한 행동이라는 인식 때문이었다.

때문에 개국 초기부터 바이큰 왕국이 취한 마법사 경시 풍조는 마법사들을 쫓아내거나 혹은 자취를 감추게 하였고, 그나마 고향을 떠나기 싫어 남아 있던 마법사들이 타국으로 떠나 버리는 일이 벌어졌다.

뒤늦게 마법사의 중요성을 알아 칼라한 바이큰 국왕은 칙서를 내려 마법사들에 대한 처우를 개선하고, 마법만 할 줄 안다면 1서클이라 하여도 작위를 주며 그들을 모집하려 하였으나, 이미 바이큰 왕국에 대한 신뢰가 땅에 떨어진지라 어찌해 볼 도리가 없었다.

　지금에 와서야 땅을 치며 후회해 본들 사라진 마법사들이 다시 돌아올 리는 만무한지라 속이 쓰리지만 어쩔 수 없는 노릇이었다. 물론 왕실 직속 마법부대가 있기는 했지만, 일선에 나가 있는 마법사는 거의 군단급에 한두 명 배치되어 있는 실정이니 그야말로 귀하디귀하다 할 것이었다.

　"어쩔 수 없지. 아군의 병력 사항은 어찌 되는가?"

　일국의 국왕으로서 전쟁을 위해 움직이는 병력 사항을 모를 리 없건만 칼라한 국왕은 무엇을 생각했음인지 세이건 후작에게 다시 병력 사항을 물었다.

　"이스턴 왕국과 결전에 임했던 혼성군의 경우 제국계 귀족들의 병력이 50만에 전사 20만, 남부 히르센 왕국과 결전에 임했던 혼성군은 제국계 귀족들 병력 44만에 전사 15만으로 이루어져 있었사옵니다."

　세이건 후작은 혼성군의 병력 사항부터 답하기 시작했다.

　"지난 반년간 소모된 귀족들의 병력은 동부가 30만에 남부가 23만. 전사 35만은 고스란히 전력으로 남아 있는 상황이옵니다. 이에 이스턴 왕국의 접경 지역에 귀족 병력 20만과 전사 5만이, 히르센 왕국과의 접경 지역에는 귀족 병력 21만과 전사 4만이 잔류하여 방어에 임하고 있사옵니다."

　"하면, 출병할 수 있는 전사의 수는 26만이로군. 귀족들의 병력을 추가로 선별하여 병력을 충원하도록 하게. 노예병이 아닌 영지 정예병으로 말이네."

칼라한 국왕의 말에 고개를 작게 끄덕인 세이건 후작이었다. 그의 표정은 칼라한 국왕의 의견이 옳다는 것이 아니라 올 것이 왔다는 듯한 표정이었다.

"노예병들은 어떠할지 모르나 정예병이라면 약간의 무리가 있지 않을까 하옵니다."

"무리라……."

톡! 톡! 톡!

말을 흐리고 입을 닫아버린 칼라한 국왕과 세이건 후작이었다.

넓은 군막에는 오직 칼라한 국왕이 탁자를 두드리는 소리만이 흐르고 있었다. 한참 동안 그 상태로 있던 칼라한 국왕이 의자에서 몸을 일으켜 세웠다.

그리고 막사 밖으로 난 작은 창 앞에 뒷짐을 지고 섰다. 그러한 칼라한 국왕을 그저 물끄러미 바라보는 세이건 후작이었다.

"자네는 내가 제국 출신이라는 것을 알 것이네."

"……."

제국 출신의 바이큰족 대족장이자 바이큰 왕국의 국왕. 치명적인 단점이자 장점이 될 수 있음이었다. 그 사실을 알고 있는 자는 단 한 명. 지금 자신의 뒤에 묵묵하게 앉아 있는 세이건 후작이었다.

"제국의 아버지는 어머니를 강간하여 나를 낳았지. 나는 제국의 아버지가 누구인지도 모르네. 또한, 내 피 속에 제국인의 피가 섞여 있기에 나와 나의 어머니께서 누구에게도 말하지 못할 고통을 겪었네. 그래서 나는 제국민이라면 죽도록 싫네. 나의 50 평생을 제국과 바이큰 부족을 통합하고, 제국을 멸망시키는 데 썼지. 결국 나는 내 이 두 손으로 제국을 멸망시켰네."

분노가 끓어올랐음인지 칼라한 바이큰 국왕은 잠시 말을 끊었다. 그리고 서서히 돌아서서 안타까운 듯 자신을 바라보는 세이건 군사장을 보았다. 그의 눈동자는 지금 분노로 활활 타오르고 있었다.

"나는 제국이 멸망하면 내 분노에 들끓는 가슴이 식을 줄 알았네. 한데, 아니었네."

그에 세이건 군사장은 칼라한 바이큰 국왕의 눈동자 속에서 광기를 보았다. 무섭도록 타오르는 분노가 이성을 제압하고, 미친 광기를 드러내고 있었다. 세이건 군사장은 자신도 모르게 몸을 가늘게 떨었다.

"제국이 멸망하니 또 하나가 남았네. 무엇인지 알겠나?"

"…귀족인 것이옵니까?"

"그러하네. 내 아비는 귀족이었더군. 크크… 크크크……!"

"……"

세이건 후작은 무어라 말을 할 수 없었다. 입을 열기에는 자신의 눈에 비치는 칼라한 국왕의 모습이 너무도 광폭했고, 분노했으며, 그러하기에 더욱더 측은하고 쓸쓸해 보였기 때문이었다.

"귀족을… 다 죽이실 참이시옵니까?"

세이건 후작의 물음에 대답은 돌아오지 않았다. 하지만, 세이건 후작은 끈질기게 대답을 기다렸다.

"그리하면 안 되겠나?"

"가능하다고 보십니까?"

"우리 바이큰족은 귀족이 없어도 잘 살아왔고 잘 유지해왔네. 귀족이라는 것. 굳이 있어야 할 필요가 있을까?"

칼라한 국왕의 말은 맞았다. 바이큰족은 족장과 전사, 그리고 부족원이 전부였다. 하지만 그것이 한계였다. 그러하기에 바이큰족은 뭉치지 못했고, 왕국을 세우지 못했으며, 발전이 없었다.

하지만 칼라한 국왕이 대족장의 자리에 오르면서 바이큰족은 계층이 생겨났다. 물론 기존의 계층이 더 단단해진 정도로, 대전사가 있었고, 차전사가 있었으며, 최고전사가 생겨났으며, 전략 전술을 마련하는 현자가 생겼다.

그리해서 왕국을 세웠다. 제국을 무너뜨리고, 서북 대평원의 바이큰족이 아닌 바이큰 왕국을 세운 것이었다. 그것은 칼라한 국왕의 업적 중 가장 큰 업적임에 틀림없었다.

하지만 지나친 복수심으로 인하여 칼라한 국왕은 점점 패도적으로 변해가고, 아니, 미쳐 가고 있었다. 그 모습은 무섭도록 공포스러웠다. 마치 피를 그리워하는 마왕처럼 말이다.

"하오나, 지금 바이큰 왕국이 채택하고 있는 것은 역시 제국이 만들어 놓은 신분제이옵니다. 국왕 폐하가 계시옵고, 대전사가 있사오며, 차전사가 있고, 최고전사가 있고, 상위전사, 하위전사, 평전사가 있사오며, 부족원이 있사옵니다. 또한, 귀족이 있사옵고, 상인과 노예가 있사옵니다. 신분 계층이란 이미 자연스럽게 그리되었사옵니다. 이것은 모두 국왕 폐하께옵서 만든 것이옵니다."

단숨에 여기까지 말한 세이건 후작은 잠시 호흡을 가다듬었다.

"귀족들이 제국을 좀 먹는 존재라 하였사오나, 귀족이 없었으면 제국 또한 없었사옵니다. 그리고 지금 세 왕국과 전쟁을 치르는 아국에 있어서 그들을 흡수하지 않고는 세 왕국과의 전쟁을 치룰 수도 없음이옵니다."

"알고 있다."

"한데 왜……."

칼라한 국왕은 세이건 후작의 물음에 바로 답하지 않았다.

잠시간의 침묵이 흐른 뒤 이윽고 칼라한 국왕의 입이 열렸다.

"그래서 그 귀족의 힘을 보자는 것이지. 쓸모가 있는지 없는지 말이지."

그 말에 세이건 후작은 입을 닫았다. 이미 칼라한 국왕의 결심은 확고하게 굳어진 상태였음을 직감했기 때문이었다. 그 결심은 너무나도 확고하여 지금의 자신으로서는 어찌해 볼 도리가 없음도 말이다.

"국왕 폐하의 명을 따르옵니다."

그에 세이건 후작은 자리에서 일어나 길게 읍을 하고, 뒷걸음질로 칼라한 국왕의 막사를 나왔다.

너무나도 평화롭고, 눈부신 하늘이었다.

그 하늘을 바라보는 세이건 후작의 눈이 가늘게 뜨여지며, 까닭 모를 맑은 물이 그의 눈가에서 흘러나왔다.

'아아, 바이큰이여……!'

CHAPTER
08
폴라리스 왕국의 선공 I

Knight King

“저곳이 노이슈반 성인가요?”

“그렇습니다.”

말 머리를 나란히 하고 야트막한 야산에서 대화를 나누고 있는 이들은 공략 사령관으로 임명된 테레지아 백작과 노이슈반 성의 공략을 담당한 군사부의 군사 맥카시 경, 그리고 그녀에게 배속된 제이슨 챔버스 남작과 아미고스 브레이번 자작이었다.

또한, 기사단 1백을 이끌고 있는 알만 경과 마법사단 오십을 이끌고 있는 타운젠트 경까지 모두 자리하고 있었다. 노이슈반 성을 유심히 바라보고 있던 테레지아 백작의 입이 마침 내 열렸다.

"어쩌면 생각보다 공략이 쉬울지도 모르겠군요."

이미 대지와 물의 정령과의 계약으로 인해 얼굴의 검상이 깨끗하게 사라져 버린 테레지아 백작은 여전히 전과 다르지 않은 무표정한 얼굴과 날카로운 눈으로 노이슈반 성을 유심히 바라보았다.

"그렇다 해도 돌로 만들어진 성입니다. 계책을 내지 않는 한은 어렵다고 판단됩니다."

"계책이 있습니까?"

계책을 물어오는 테레지아 백작을 바라보며 고개를 주억거리는 군사 맥카시 경이었다.

여백작.

지금의 폴라리스 왕국에서는 여귀족이 드물지 않다. 하나, 개국 초기만 해도 여귀족은 지금 여기 당당하게 일군을 이끌고 있는 테레지아 백작만이 존재했었다.

아무리 개방적인 북부라 할지라도 여귀족에 대해서는 그리 개방적이지 못한 상태에서 테레지아 백작의 등장은 그야말로 대단히 경악스러운 일이었다.

가장 먼저 반대를 한 자들은 기사들이었다.

그에 베르누크는 반대하는 기사들과 테레지아 백작의 대

련을 주선하였다. 기사의 가장 기본인 무력을 검증시킨 것이었다.

당시 테레지아 백작은 지금과 달리 굉장히 메마르고 날카로운 성정을 지니고 있었다.

또한, 얼굴에 드러난 검상은 거칠기로 유명한 북부의 용병들조차 압도할 정도였다. 거기에 베르누크의 가르침으로 인해 최상급의 실력을 지녔으니, 힘과 스피드가 압도하는 기사들이라 하더라고 테레지아 백작을 이길 수는 없었다.

결국 기사들은 그녀의 검을 인정하였다. 그에 다시 반대하는 세력이 있었으니 그것은 기존의 귀족들이었다.

그들은 그녀의 행정 능력, 즉 귀족으로서의 자질을 걸고넘어졌다.

하지만 베르누크의 단 한마디에 그녀를 탐탁하게 여기지 않던 귀족들은 꿀 먹은 벙어리처럼 입을 닫아야만 했다.

"테레지아 남작은 바이큰족의 20만 북부 점령군에 홀로 맞섰다."

물론 모든 귀족은 베르누크가 군을 이끌고 갔기에 바이큰족의 20만 북부 점령군을 막아냈다는 것을 안다. 하지만 결정적으로 그 바이큰족의 20만 북부 점령군의 발목을 잡은 귀족은 당시의 테레지아 남작이 유일하였다는 것이었다.

기사와 귀족들이 그녀를 인정하자 베르누크는 곧바로 그

녀를 백작으로 승작시켜 버리고, 승작과 동시에 폴라리스 왕국의 왕도를 지키는 왕도 방위 사령관에 임명했다.

그것은 대단히 경악스러운 조치로서 지금껏 유구한 역사를 자랑했던 히르센 제국에서조차도 혹은 대륙의 그 어떤 왕국이나 제국에서조차도 찾아볼 수 없는 조치였음에 틀림없었다.

테레지아 백작은 그렇게 폴라리스 왕국에 있는 여성들의 우상이 되었다. 또한, 여성들이 여러 분야에서 활동하게 되는 결정적인 계기를 마련해 주었고 말이다.

물론 다른 여타 왕국에 비해서 그렇다는 것이지 여성들의 활동이 절대적이라는 것은 아니다. 하지만 적어도 폴라리스 왕국에서만큼은 여성들이 고작 집에서 밥 짓고 아이만 키우는 그러한 구태의연한 삶을 살지는 않아도 되었다.

5년간의 왕도 방위 사령관의 임직을 마치고, 이제 대 바이큰 왕국과의 전쟁을 치르기 위한 일군의 사령관으로 보직이 변경되었으나, 그 누구도 테레지아 백작의 지휘 능력과 군사적인 견해에 대하여 토를 다는 이는 없었다.

군사인 맥카시 경 역시 마찬가지였다. 그녀는 오히려 무식하게 힘만 키우는 기사들과 달랐다. 충분히 말이 통하는 지휘관이었던 것이다. 군사로서 말이 통하는 지휘관을 만난다는 것은 커다란 복이라 할 수 있으니 말이다.

"저들은 여귀족을 경시하고 있을 것입니다. 특히나 노이슈반 성의 성주는 바이큰족의 전사. 바이큰족의 전사로서 여자가 전쟁에 나가고, 일군을 이끈다는 것은 상상조차 할 수 없는 일입니다.”

맥카시 군사의 말이 무슨 말인지 단박에 깨달은 테레지아 백작이었다. 그러한 경험은 과거 황도 탈환 작전 시 황도의 북쪽의 방어를 담당하는 코마롬 성에서 경험해 본 적이 있으니 말이다.

“장군전을 통해 저들을 끌어내고, 그 틈을 타 성을 공격하는 방법이겠군요. 당연히 저들을 끌어내는 미끼의 역할은 본관이 해야 할 것이고……. 흐음.”

잠시 테레지아 백작이 생각에 잠겼다. 그녀는 맥카시 군사의 언질에 일사천리로 작전을 구상하고 있는 것이었다. 지금 테레지아 백작이 구상하고 있는 것은 매복과 성의 공략일 것이다.

“설명을 부탁드리지요.”

이미 작전 계획을 일거에 관통했음에도 불구하고, 군사를 존중해 주는 테레지아 백작이었다. 그것은 아무나 할 수 있는 행동이 아니었다. 그에 잠시간 짧게 미소를 짓던 맥카시 군사가 입을 열었다.

“아군의 병력은 총 6만. 노이슈반 성의 병력은 3만. 사령관께서 3천의 병력을 대동해 적들을 유인하셔야 합니다. 매복군은 제이슨 챔버스 남작이 이끌 것이며 6천의 병력입니다.

두 곳의 매복 장소는 이곳과 이곳 두 곳이며, 첫 매복지에서 적의 허리를 자름과 동시에 적장을 사로잡거나 죽여야 합니다. 그리고 후미의 매복지에서는 후퇴하는 적을 완벽하게 차단해야 합니다."

맥카시 군사의 설명에 고개를 끄덕이는 테레지아 백작이었다. 전혀 무리가 없는 작전이었다. 물론 모든 작전이 마법진처럼 유기적이면서도 정확하게 맞아 들어가야 하겠지만.

잠시 말을 끊었던 맥카시 군사는 테레지아 백작과 두 명의 귀족의 눈을 일일이 맞춘 후 다시 입을 열었다.

"고작 3천의 병력이기에 적들은 경계를 풀 것이 당연합니다. 이때, 브레이번 자작님과 마법단의 단장이신 타운젠트 경께서는 성을 공략해야 합니다. 성을 공략할 시 성의 북문 쪽이 아닌 남문을 공략하셔야 합니다."

충분히 숙지된 상태. 그 방법까지 세세하게 설명을 마친 맥카시 군사가 입을 닫자 이내 테레지아 백작이 입을 열어 명령을 하달했다.

"챔버스 남작은 지금 곧 군사 6천을 대동해 지정된 매복 지점으로 향하세요. 또한 브레이번 자작은 군사 2만과 함께 마법단 20명을 노이슈반 성의 남문으로 은밀하게 이동시키고, 대기토록 하세요. 작전은 내일 정오에 시작될 것이며, 성의 공략은 효시로 알릴 것이니 그리 알고 준비하세요."

"명!"

이 작전이 가능한 이유는 노이슈반 성 안에 있는 바이큰 왕
국군이 아직 폴라리스 왕국군의 도착을 모르기 때문이었다.
출발한 것은 알 것이다. 하지만 폴라리스 왕국군의 이동 경로
는 세세하게 알 수 없었다.

상인이나 사람들이 다니는 길을 통해 이동하는 것이 아닌
산악지형과 사냥꾼들이 이용하는 길을 통해 이동했기 때문이
었다.

그것도 예상보다 빠르게 이동한 탓에 노이슈반 성의 바이
큰 왕국군은 그저 예상을 할 뿐 폴라리스 왕국군이 도착하여
이미 작전을 준비 중인 것을 몰랐다.

모든 작전 계획을 마친 폴라리스 왕국군은 테레지아 백작
이 이끄는 6만 중 3만의 병력만 남아 노이슈반 성 앞으로 다
가가 진형을 꾸렸다.

폴라리스 왕국군의 이동에 깜짝 놀란 노이슈반 성은 부랴
부랴 준비를 행했다. 그러나 그 병력수가 예상보다 적어 이내
어느 정도 안심을 했다.

때문에 바이큰 왕국군은 생각보다 차분하게 준비를 하였
다. 일단은 병력면에서 동수처럼 보였고, 또한 수성의 입장이
기에 갑작스럽게 나타난 폴라리스 왕국군이지만 차분할 수밖
에 없었다.

그 차분함에는 폴라리스 왕국군을 비웃는 속내 역시 포함되어 있었다. 강군이라 해서 기대했지만 고작 3만으로 석성을 공략하려 한다. 게다가 공성병기도 없이 말이다. 그러하니 당연히 노이슈반 성의 바이큰 왕국군은 경계가 한껏 풀어지고 있었다.

다음 날 정오.

아침부터 부지런을 떤 폴라리스 왕국군은 3만의 병력으로 진형을 구축했다. 그들은 이른 점심을 든든히 먹고, 기치창검을 높이 들어 목청을 돋우어 한껏 외쳤다. 동시에 전고를 울리고 뿔나팔을 불렀다.

이에 바이큰 왕국군 역시 성벽에 다닥다닥 붙어 창검을 꽉 움켜쥐고, 전고와 뿔나팔을 불어 병사들의 사기를 드높였다. 간혹은 점심을 못 먹어 불평을 하는 이도 있었으나, 전투가 일어날 수 있음에 긴장한 모습으로 성벽 밖의 폴라리스 왕국군의 움직임을 주시하였다.

그때 일단 경기병들이 말을 몰아 앞으로 나옴에 인장기를 보니 폴라리스 왕국군의 사령관의 기였다. 바로 테레지아 백작이 직접 3천의 경기병을 인솔하여 앞으로 나오는 것이었다.

"본작은 폴라리스 왕국의 제3군 사령관 마리아 테레지아 백작이라고 한다. 본작의 바스타드 소드를 받을 만한 바이큰 왕국군의 전사가 있더냐?"

테레지아 백작은 성벽 아래에서 커다란 소리로 바이큰 왕
국군을 향해 외쳤다. 마나를 실은 소리는 어느 정도 거리가
됨에도 불구하고, 아주 또렷하게 성벽 위의 모든 바이큰 왕국
군에게 전달됐다.

"와하하하하! 폴라리스 왕국의 남자들은 다들 불알을 떼어
버려야 하겠구나. 얼마나 사내놈들이 못났으면, 감히 여자를
전장에 들이는가 말이다."

그에 우락부락하게 생겨 마치 산도적을 연상케 하는 바이
큰 왕국군의 한 전사가 커다랗게 비웃으며 폴라리스 왕국군
을 조롱하였다. 하지만 이내 들려오는 소리에 그 전사는 본전
도 못 찾고 얼굴을 붉혀야만 했다.

"그러한가? 하면 이리 내려와 나와 겨뤄보자꾸나. 과연 네
놈이 여자인 나를 이길 수 있는지 말이다. 설마 바이큰 전사
들은 한낱 여자의 도전에도 꼬리를 만 강아지마냥 모른 척하
는 것인가? 그런 것인가? 그러한 것이 바로 평원을 달리는 바
이큰족의 전사인가?"

테레지아 백작의 조롱 섞인 비난에 오히려 얼굴을 붉게 물들
이는 전사였다. 그에 옆에 있던 다른 전사들은 큭큭 웃어재꼈
다. 그들은 지금 테레지아 백작을 만만히 보고 있는 것이었다.

그때 결정적인 테레지아 백작의 말이 전사들의 귀에 들려
왔다.

"용기가 없는가? 이 마리아 테레지아 백작의 검을 받을 만한 전사가 진정 없단 말인가? 그렇다면 바이큰족들의 그것을 떼어버려야 할 것이다. 이 마리아 테레지아의 검을 무서워한다면 말이다!"

그에 테레지아 백작을 우습게 여겨 큭큭 웃어대던 전사들 역시 얼굴을 벌겋게 물들이며 손을 부들부들 떨었다.

"저, 저, 저년을……"

"경거망동하지 마시오."

그때 바이큰족의 전사가 아닌 제국의 귀족으로 보이는 한 명이 눈까지 벌게지면서 당장에라도 뛰쳐나가려 하는 바이큰족의 전사를 만류하였다. 하지만, 이미 분노가 치밀 대로 치민 전사가 그 말을 들을 리는 만무하였다.

"참으라니! 사내가 되어서 어찌 그런 말을 한단 말이오!"

"적은 우리를 경동시켜 성문을 열도록 유도하는 것이오. 어찌 그런 말에 속아 넘어가는 것이오?"

"흥! 비겁한 귀족들은 저런 말을 듣고도 가만히 있는가 보오? 하나, 대평원을 달리던 전사는 그리 못하오!"

귀족은 고개를 절레절레 저어버렸다. 아무래도 노아슈반 성의 실세는 약간 나이 든 귀족이 아닌 그보다 젊고 열정적인 바이큰족의 전사인 듯했다.

"허~ 정 그러하시다면, 제가 신호하면 바로 돌아오셔야 하오이다.”

“홍! 저년을 반드시 죽인 후에 오겠소. 부장은 기병 1만을 준비하라! 저년의 가랑이를 찢어버릴 것이다.”

“1만은 부족하오이다.”

그에 또 다시 만류하는 귀족이었다. 하지만 이미 눈이 돌아가 버린 바이큰족의 전사는 그 말을 듣지조차 않았다. 아니, 오히려 언성을 높여 만류하는 귀족을 크게 꾸짖었다.

“홍! 보시오! 내 반드시 1만으로 저 앞에 있는 3만의 오합지졸의 목을 베어올 것이오! 무엇을 하는가?”

“명!”

노이슈반 성을 맡은 바이큰 왕국의 상위전사 그라이코스의 분개한 음성에 그의 곁을 지키고 있던 몇몇의 하위전사도 덩달아 흥분하고 있었다. 대평원 부족의 전사에게 가장 큰 치욕이라 할 수 있는 단어를 내뱉은 폴라리스 왕국의 여귀족에게 더할 수 없는 분노를 느낀 것이었다.

“하아~”

이미 전사들을 불러 출진 준비를 시작한 바이큰 왕국군을 바라보는 귀족, 그는 클로드 남작이었다. 그는 고개를 절레절레 저었다. 말려도 소용없음을 아는 것이다.

어차피 노이슈반 성의 실질적인 권한을 가지고 있는 자는 자신이 아니라 크라이코스 상위전사였다. 자신이 할 수 있는 것이라고는 그냥 조심스럽게 의견을 내는 것뿐이었다.

폴라리스 왕국군의 사령관이라는 테레지아 백작의 말에 자신조차도 머리가 뜨거워짐을 느꼈음이니, 평소 사내를 강조하고 강함을 숭상하는 바이큰족의 전사가 가만히 있을 리 만무하였다. 만약 클로드 남작이 행정 관료가 아니라 기사였다면, 당장 말을 몰아 뛰쳐나갔을 것이다.

그렇다고 그라이코스 상위전사가 1만의 군을 끌고 나간다 하여도 클로드 남작이 병력을 통솔할 이유는 없었다. 그저 답답한 마음에 구경이나 할 뿐이었다.

"오냐! 네 이년! 내 너의 가랑이를 찢어 죽일 것이다."

분노하여 앞뒤 가리지 않고 튕겨져 나오듯 성을 나온 상위전사 그라이코스는 일반 전사가 쓰는 만월도보다 두 배는 됨직한 만월도를 한 손으로 들고 득달같이 테레지아 백작에게 쇄도해 들었다.

"흥! 비루먹은 망아지처럼 숨어 있다 이제야 나타나다니. 내 너의 수염을 잘라 개에게 주겠다."

"이, 이녀~ 언!"

부왁!

만월도에 서린 오러 얀이 대기를 찢어버릴 듯한 소리를 내며 테레지아 백작을 쪼갤 듯이 쇄도했다. 이에 질세라 테레지아 백작의 바스타드 소드 역시 대기와 공명하여 긴 울음을 토해내고 있었다.

'음? 뭐지? 설마?'

그에 약간의 위화감을 느낀 상위전사 그라이코스였으나,
이내 머릿속에서 그 의문을 지워 버렸다. 지금은 의문보다는
자신의 앞에서 여자로서는 다루기 힘든 바스타드 소드를 한
손으로 다루는 여백작을 죽이는 것에만 신경을 쏠 뿐이었다.

테레지아 백작은 상위전사 그라이코스의 만월도를 바스타
드 소드로 막아내며 아슬아슬하게 피했다. 그에 더 힘을 낸
상위전사 그라이코스의 기세에 겨우 2, 30여 합을 더한 테레
지아 백작은 짐짓 힘이 부친 듯 주춤거리더니 이내 말 머리를
돌려 도망가기 시작했다.

"도망가지 말라!"

"적을 추격하라!"

"우와아아!"

상위전사 그라이코스는 도망가는 테레지아 백작을 바라보
며 성난 일갈을 외쳤다. 그러자 1만의 기병이 일제히 부연 먼
지를 일으키며 득달같이 테레지아 백작과 3천의 적 경기병을
쫓았다.

테레지아 백작은 허겁지겁 도망가는 와중에도 뒤를 쫓아
오는 상위전사 그라이코스에게 암 콤포짓 보우를 날렸다. 손
바닥보다 조금 긴 화살로, 황도 탈환 시에 상당한 효과를 본

화살이었다.

취릿!

까앙!

"이, 이, 이년! 게 섰거라."

애기살을 만월도로 쳐 낸 상위전사 그라이코스는 더욱더 분개하며 급하게 말을 몰았다. 이미 노이슈반 성과 멀어질 대로 멀어진 상황. 하나 자신의 약을 끝까지 올리는 제국의 여귀족에게 정신이 팔려 앞뒤 가리지 않고 그가 쇄도해 나갔다.

테레지아 백작이 산허리를 돌쯤 일단의 군마가 나타나 전력으로 달리던 경기병과 교체되었고, 테레지아 백작 역시 지친 말 대신 새로운 말에 올라탔다. 실로 순식간에 일어난 일이었다.

하나 바이큰 왕국군은 그 사실을 몰랐다. 몇 미터도 안 되는 언덕 같은 산이지만 사람의 시야보다 높기에 앞에서 일어나는 일을 전혀 볼 수 없었다. 또한 울창하게 우거진 숲 속에서 은밀하게 접근하는 병력 또한 볼 수 없었다.

"지금!"

"가른다!"

두두두두!

그때를 같이하여 매복하여 있던 챔버스 남작은 거침없이 달려가던 바이큰 왕국군의 허리를 완벽하게 갈라 버렸다.

정신없이 도망가던 테레지아 백작의 외침이 들려왔다.

"반전! 반전하라!"

"반전! 반저어언!"

갑자기 도망가던 폴라리스 왕국의 여귀족의 모습에 잠시 당황하던 상위전사 그라이코스는 이제는 더 이상 도망 갈 곳이 없어 말 머리를 돌리는구나 싶어 커다랗게 외쳤다.

"와하하하! 모두 죽여라!"

"죽여라!"

"히~ 야!"

그렇게 폴라리스 왕국군의 병력과 맞부딪혀 가는 바이큰 왕국군이었다.

그들은 모르고 있었다. 이미 허리가 두동강 났으며, 자신들의 퇴로는 차단당했다는 것을 말이다.

"오냐! 네년이 드디어 더 이상 갈 곳이 없어졌구나!"

"흥! 미련한 놈! 대평원의 전사는 자신의 죽을 자리를 제대로 아는 모양이구나!"

"무어라! 네 이년! 전군 돌겨~ 억!"

앞뒤 가리지 않고 분기탱천하여 후미에서 들리는 비명 소리조차 듣지 못하고, 테레지아 백작을 향하여 거세게 돌진하는 상위전사 그라이코스.

그 모습을 테레지아 백작이 차갑게 바라보았다.

"여기가 너희의 무덤이 될 것이다."

그와 함께 테레지아 백작의 주변이 황금색으로 물들어갔다. 상위전사 그라이코스는 그저 그것이 마나의 특성이라고만 생각했다. 하지만 그 생각은 불과 몇 초도 지나지 않아 통한의 눈물로 연결되었다.

스르르릉!

쇄도해 오는 상위전사 그라이코스의 만월도를 가볍게 흘려 버린 테레지아 백작은 이내 말고삐조차 놓아버린 채 두 손으로 바스타드 소드의 폼멜을 잡고 그대로 아래에서 위로 그어올려 버렸다.

카아앙!

"이익!"

그어 올라온 바스타드 소드를 급하게 막아내는 상위전사 그라이코스. 충분히 막을 수 있으리라 생각했다. 여자가 힘을 써야 얼마나 쓰겠는가 말이다. 그리고 자신은 무려 상위전사이니 당연히 막을 수 있고, 이 방어는 곧 공격으로 연결되리라 짐작하였다.

하지만 아니었다.

감당할 수 없는 강력한 진력이 여귀족의 바스타드 소드에서 흘러나왔다. 한 손으로 막아내던 상위전사 그라이코스의 얼굴이 붉어지면서 이내 만월도의 손잡이를 두 손으로 잡으며 내리눌렀다.

"크으윽!"

가가가가각!

어찌나 힘을 썼던지 눈에서 실핏줄이 터졌다. 쇠와 쇠가 엇갈리며 무언가 갈리는 소리가 났다. 그에 전력을 다해 만월도를 내리누르는 상위전사 그라이코스.

그때 상위전사의 눈동자와 테레지아 백작의 눈동자가 부딪혔다. 테레지아 백작의 입가에 잔인한 미소가 매달렸다.

"이이……!"

"고작 이건가? 그렇다면 잘 가라!"

촤하아악!

그대로 그어 올려버린 테레지아 백작의 바스타드 소드.

시간이 잠시 동안 시간이 멈춘 것 같았다.

바람이 살랑 불어왔고, 상위전사 그라이코스의 만월도가 이등분되어 땅에 떨어졌다.

상위전사 그라이코스의 인중을 타고 핏줄기가 솟아났다. 그리고 이내 분수처럼 피가 뿌려졌다.

가볍게 바스타드 소드를 털어 핏물을 제거한 테레지아 백작은 전장을 주시하며 말을 달렸다. 그녀의 바스타드 소드가 다시 움직이기 시작했고, 반드시 한 명의 목숨을 취했다.

그녀가 목소리를 높여 외쳤다.

“대지의 송곳!”

쿠그그극!

그녀의 외침이 들리자 대지가 흔들렸다. 말과 사람이, 그리고 비명 소리와 병장기의 부딪힘 소리가 어우러진 전장에서 대지가 흔들리더니 이내 마치 당연히 그래야 한다는 듯이 바이큰 왕국군만을 골라 뾰족한 송곳이 치솟아 올라 다리를 뚫고, 팔을 뚫고, 복부를 꿰뚫어 버렸다.

“크하아아악!”

“사, 살려……!”

“끄으윽! 파, 팔이!”

그에 폴라리스 왕국군은 우렁찬 함성을 지르며 거침없이 바이큰 왕국군을 주살하기 시작했다. 세 배가 넘어가는 적의 병력은 이미 숫자에 불과했다. 테레지아 백작의 엄청난 무위는 폴라리스 왕국군의 사기를 한껏 고양시켰고, 바이큰 왕국군의 사기는 급속도로 떨어뜨리고 있었다.

“바이큰 왕국군은 들으라! 너희의 지휘관의 목이 여기 있다! 살고자 하는 자! 항복하라! 항복하면 살 것이다!”

“개소리! 대평원의 전사는 물러섬을 모른다. 비록 이곳에 뼈를 묻을지라도! 돌격! 돌격하라!”

살고자 하는 자. 죽으려는 자. 죽이려는 자. 죽도록 독려하는 자. 항복하라 외치는 자. 전장의 함성이 뒤섞였다. 피가 터져 나오고, 뇌수가 흘렀으며, 비명과 고함이 뒤섞여 아군이 누군지 적군이 누군지 분간조차 할 수 없었다.

"왕께서 바라셨으나 너희가 거부할지니, 나의 검에 분노를 담으리라. 정령 빙의. 물의 검!"

테레지아 백작의 바스타드 소드가 움직였다. 하지만 일반적인 바스타드 소드가 아니었다. 마나를 시전하지도 않았다. 테레지아 백작이 움직임에 대지가 진동했고, 중심을 잃은 전사들을 여남은 명씩 죽여 나갔다.

그에 그녀의 풀 플레이트 메일은 살점이 튀고 피가 흘러내렸다. 은빛 나는 풀 플레이트 메일은 검붉은 색에 비릿한 향을 뿜어내었다. 차갑게 가라앉은 눈빛과 새하얀 얼굴. 그에 망토마저 붉은 피로 물들었다.

"피의 장미로구나!"

그녀의 바스타드 소드 끝에 피어나는 붉은 핏방울이 마치 꽃과 같았고, 그녀의 풀 플레이트 메일을 적신 검붉은 색의 피는 코끝을 마비시켜 버릴 정도였다. 그녀는 장미였으되, 아름다운 장미가 아닌 피로 이루어진 블러디 로즈였다.

그 시각을 같이하여 노이슈반 성에서는 또 다른 전투가 벌어지고 있었다. 그 선공은 바로 폴라리스 왕국군의 개량된 장거리 화살과, 방패병의 보호를 받은 마법사들의 마법으로부터 시작이었다.

"타올라라, 마나의 힘이여! 모여들어 그 모습을 드러내라! 뜨거운 불꽃! 파이어 볼(Fire Ball)!"

"마나의 힘이여! 보이지 않는 손으로 적을 묶어라! 바인드(Bind)!"

"마나여, 그대의 힘으로 나의 친구에게 넘치는 힘을! 스트렝스(Strength)!"

"가장 빠르고 강력한 하늘의 힘! 적을 꿰뚫고 무너뜨리는 창이여! 라이트닝 랜스(Lightning Lance)!"

"몰아치는 마나의 힘이여~ 강력한 힘으로 적을 휩쓸어라! 체인 라이트닝(Chain Lightning)!"

시꺼멓게 하늘을 뒤덮은 화살비가 끝나자 다시 노이슈반성을 휩쓴 것은 마법의 물결이었다. 여기저기서 비명 소리가 들려왔고, 엄청난 마법이 성벽과 부딪히며 돌을 쪼개고, 돌가루가 날렸다.

"막아! 막으란 말이다!"

쿠구구구궁! 쩌저저적!

"서, 성문이……!"

"부, 북문이 뚫렸습니다!"

"뭐? 어찌 그런… 공성장비도 없거늘……."

"마법, 마법입니다. 지금 북문으로 적의 대군이 물밀듯이 들어온다 합니다!"

"허어!"

얼이 빠져 버린 상위전사 알레시우스.

마법이란 것이 이리도 강할지 몰랐다. 어찌 공성병기로도 뚫기 힘든 성문을 단 몇 분 만에 뚫어낼 수 있단 말인가?

하지만 이대로 있을 수는 없었다. 곧 정신을 차린 상위전사 알레시우스는 곁의 부관을 향해 일갈했다.

"우루바노스! 병력 2만을 동원하여 북문을 막는다!"

"명!"

명령을 받은 하위전사 우루바노스는 득달같이 달려나가 병력을 인솔하여 북문을 향했다. 그러한 우루바노스를 일별한 상위전사 알레시우스는 다시 끊임없이 쏟아지고 있는 화살비 속에서 여전히 다가오지 않고, 원거리 공격만 해대는 폴라리스 왕국군을 바라보았다.

"으득! 이놈들! 화살을 쏴라! 발리스타를 쏘란 말이다!"

"으아아악! 내 눈!"

성벽 밖으로 고개조차 내밀 수 없는 상황에서도 바이큰 왕국군은 필사적으로 발리스타를 쏘고, 불화살을 날려 폴라리스 왕국군의 화살과 마법에 저항하였다.

하지만 이내 그들은 좌절하고야 말았다. 자신들에게는 없는 마법이라는 절대적인 무기로 인해 힘들게 쏘아 보낸 화살이 마치 무엇에 튕기듯이 소모되고 있었으니 말이다.

"충만한 마나의 힘이여, 여기 일그러진 균형, 흐트러진 질서를 바로 잡아 도발하는 적을 막아주소서! 프로텍트 프롬 미사일(Protect from Missile)!"

투두두둑! 투후웅!

화살이 막혔다. 거기에 발리스타에서 쏘아낸 거대한 화살마저 막혔다. 다름 아닌 그들이 그토록 경시하고 천시하던 마법에 의해서 말이다. 그에 상위전사 알레시우스는 입술을 피가 나도록 깨물 수밖에 없었다.

"크흐윽! 마법! 마버어업!"

그때를 같이하여 남문 쪽에서 다시 우렁찬 함성이 들려왔다.

알레시우스는 깨달았다. 적은 겨우 3만이 다가 아니라는 것을 말이다.

전쟁은 보이는 것만이 다가 아니었다. 감추어진 비수가 더 무서웠고, 보이지 않는 적이 더 무서웠다.

"폴라리스 왕국의 제2기사단의 부단장 비트로스 알만이라 한다. 적장은 나의 검을 받아보겠는가?"

어느새 북문을 깨고 들어온 자들 중에서 몇몇이 성의 중심까지 들이치고 있었다. 그렇다는 것은 이미 2만의 병력을 대동하고, 북문으로 갔던 하위전사 우루바노스는 죽었다는 것을 의미할 것이다.

거기까지 생각이 미친 알레시우스는 굳게 쥐고 있던 만월도를 꽉 움켜쥐고, 득달같이 달려나가 비트로스 알만이라 소개한 기사를 향해 쇄도했다.

"비겁한 놈들. 정당치 못하게 마법을 쓰다니! 내 너의 목을 베어버리겠다!"

악을 쓰며 자신에게 쇄도해 오는 적장을 본 알만 경의 입가에는 비웃음이 걸렸다.

"거참. 남이 하면 불륜이고, 내가 하면 로맨스라더니."

"무슨 말 같지 않은 소리를. 죽어랏!"

캉! 카앙! 카가강! 까아앙!

"크아압!"

상위전사라면 익스퍼트 중급의 실력이다. 동급이라면 그 누구에게도 지지 않을 것이라 생각했던 상위전사 알레시우스. 그는 지금 팔뚝과 이마에 힘줄이 툭툭 불거질 정도로 힘을 쓰고 있었다.

비트로스 알만 경. 그는 비록 부단장이었으나 여유롭게 상위전사 알레시우스를 상대했다.

"이것이 대평원 전사의 실력이라면 볼 것 없다. 잘 가라!"

"흡!"

알레시우스의 눈이 크게 뜨였다. 그의 가슴에는 짧은 단검이 죽 튀어나와 있었다. 한 손으로 알레시우스를 상대하던 알만 경이 거리가 가까워지자 또 다른 손으로 알레시우스의 가슴을 찌른 것이었다.

믿을 수 없다는 듯이 자신을 바라보는 상위전사 알레시우스의 귀 가까이 입을 댄 알만 경은 조용하고 나긋한 말로 그에게 말했다.

"국왕 폐하께옵서 항상 이런 말씀을 하셨다. 싸움에 있어서 만용은 금물이라고. 오우거는 토끼 한 마리를 잡더라도 최선을 다한다고 하셨지. 난 오우거고 넌 토끼였다."

푸화악!

가슴에 박힌 단검을 빼내자 피가 솟아올랐다. 알레시우스의 거구가 뒤로 넘어갔다.

오른손의 검으로 알레시우스의 목을 베어 검끝에 꽂은 알만 경이 그것을 하늘 높이 치켜들고 거칠게 외쳤다.

"너희의 지휘관의 목이 여기 있다. 살고 싶은 자 항복하라!"

『나이트 킹』 5권에 계속…

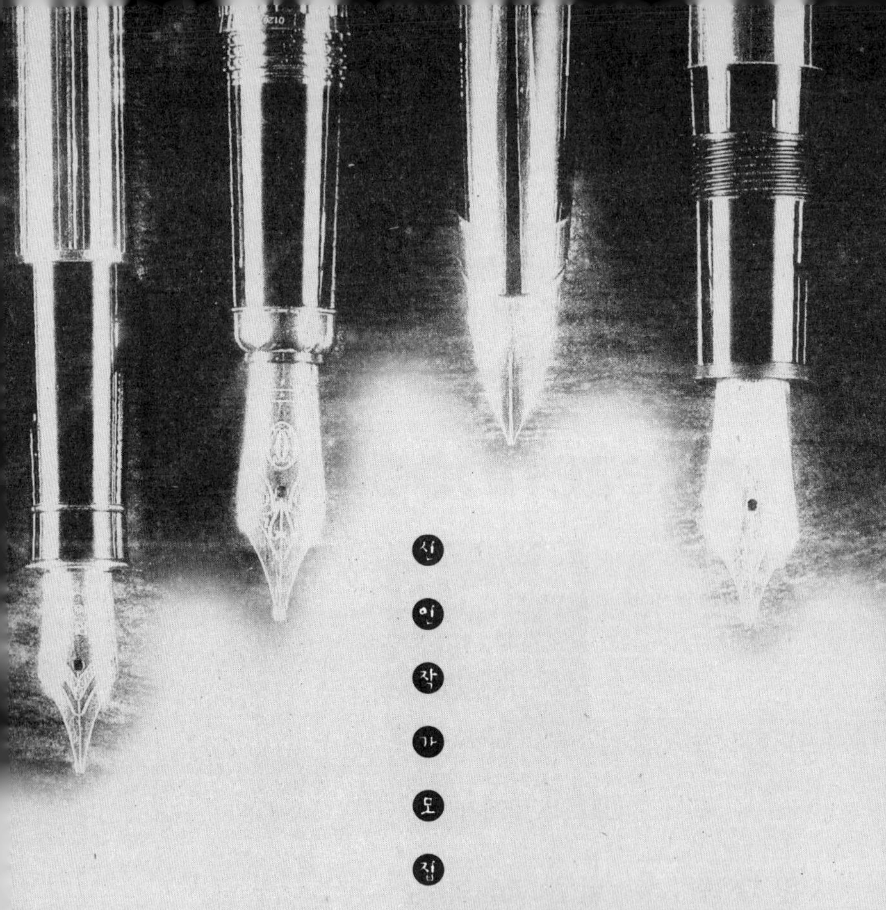

신
인
작
가
모
집

獨步行
독보행

임영기 新무협 판타지 소설

FANTASTIC ORIENTAL HEROES

그날, 심산유곡에서 수련하던
한 명의 소년이 강호로 내려왔다.

모든 이가 소년을 비웃고,
모든 무사가 그를 깔봤다.

소년은 흔들리지 않는다.

"이 천하를 독보(獨步)하리라!"

한번 시작한 걸음, 결코 멈추지 않으리라.

천하여! 무림이여!
대무영(大武英)이 간다!

ALCHEMIST
알케미스트
FUSION FANTASTIC STORY 시아람 장편 소설